STS
山田社

STS
山田社

漫畫圖解

附贈 MP3

福田真理子・著

山田社
Shan Tian She

Preface

前言

剛剛學會日文50音，
還不知道怎麼用文法拼出一個句子嗎？

本書為您精挑細選，
初學者必學53個基礎句！
利用調換語順，中文馬上變日文，
再搭配生動有趣情境插圖，
不用死背照樣學好日語！

剛學完50音的您，是否也迫不及待想要秀一口日文了呢？是否想要趕快理解雜誌上、電視上的那句日文到底是什麼意思呢？到日本去旅遊，是否也好想要直接用日文跟日本人交談，體驗當地文化呢？本書讓您：

★ **轉個角度學習：**善用母語優勢，只要調換語順，中文一秒變身日文句！
★ **拆句專家化混亂為系統：**「逐字拆句＋漫畫圖解」，文法差異，一看就秒懂！
★ **把玩心找回來：**用「漫畫比比看」，記得又快又準！
★ **讓文法壓力成為爆發力：**圖表彙整、詞性變化與活用，全部一目了然！
★ **讓錯誤幫助大腦成長：**立驗成果實戰練習，強化您的日語應用力！

本書特色有

❶ 轉個角度學習 ▶ 善用母語優勢，只要調換語順，中文一秒變身日文句！

我們中文説「我吃飯」，日語的語順是「我飯吃」，掌握日語53個基礎句的語順，是學好日語的關鍵。本書每一課的基礎句都附有強效記憶圖表，從我們最熟悉的母語「中文」出發，只需要稍稍轉個角度學習，調換語順，中文馬上變日文！

實用的語順調換圖表，帶您用視覺連線右腦記憶，看一眼就能馬上記住！而且由簡入深，學習完全零門檻，您會發現，原來文法也可以這麼好學又易懂！

❷ 拆句專家化混亂為系統 ▶ 「逐字拆句＋漫畫圖解」，文法差異，一看就秒懂！

日語語順特點在哪裡？日語句子結構中的每個元素分別扮演什麼角色呢？本書使用情境插圖，帶您一個個逐字拆解，句子中的每一個要素，利用情境漫畫，加速您理解日語53個基礎句文法的規則，幫您化混亂為系統。您絕對會驚訝，原來學文法也可以這麼生動有趣！

❸ 把玩心找回來 ▶ 用「漫畫比比看」，記得又快又準！

過去、現在、進行中、將來…怎麼表現，書中53個基礎句，都利用一眼就秒懂的「漫畫比比看」，讓生動有趣的漫畫，叫您的大腦化繁為簡，同時釐清文法之間的差異，進而加深記憶，又快又準！

除此之外，還有「有點難又不太會太難」的漫畫比比看「補充説明」，更讓專注力發揮最大的效果。

❹ 讓文法壓力成為爆發力▶ 圖表彙整，詞性變化與活用，全部一目了然！

學習日語文法與中文不同的地方在於詞性的語尾變化，這一點也是我們容易遇到困難，深感壓力重重的地方。本書也將這些較為抽象的詞性變化，彙整成圖表，並加上例句，讓您更加清楚變化的規則跟使用方式，也方便您在二次復習時，迅速喚回之前學過的文法記憶，讓文法壓力成為爆發力。

❺ 讓錯誤幫助大腦成長▶ 立驗成果實戰練習，強化您的日語應用力！

所學的跟實際可能有所誤差，錯誤會幫助我們的大腦成長，讓神經迴路不斷更新。因此學會文法概念後，書中每一章節後面都附有練習問題。練習是發現錯誤的一條途徑，出現問題，馬上解決，才能幫助您驗收學習成果。

練習問題包含翻譯練習、按照語順寫句子及排排看等內容。透過實際演練的方式，將學到的文法概念立馬在腦中融會貫通，並將練習的精髓實際應用到生活中！

學文法，不用這麼難！本書秉持著輕鬆學習的精神，透過生活化的文字以及通俗易懂的情境漫畫，學習文法的方方面面，通通都幫您設想到了！

還附有MP3朗讀光碟，書中的日文句，也都由日籍教師親自錄音，讓您一邊學文法，一邊還能熟悉道地日語的發音，眼耳並用，為您打下堅實基礎，全面提升日語力！

Contents

目錄

STEP 01 先弄懂一下

STEP 02 基本句型

STEP 03 補語+述語

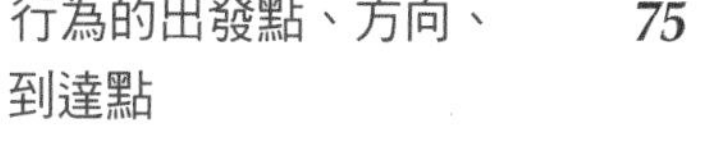

STEP 04 變形句

STEP 05 用言修飾語+述語

一次到位！

日語文法

有哪些品詞呢

- 日語共有 11 種品詞。

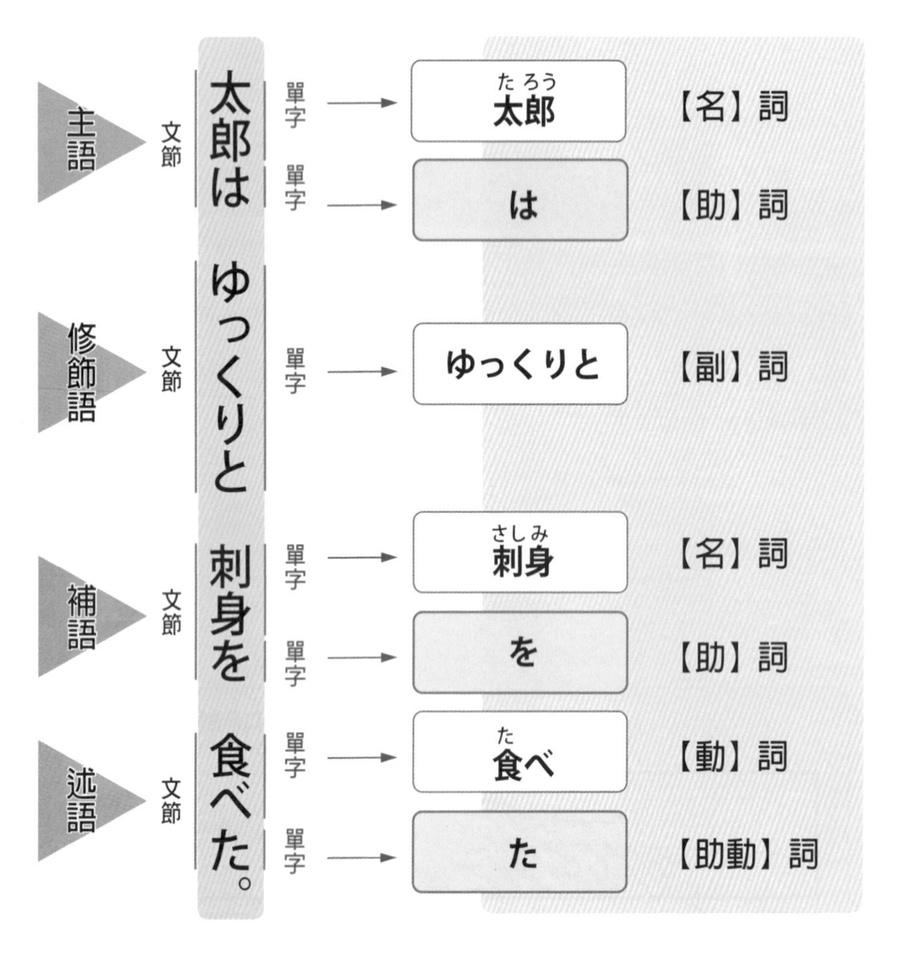

十一種品詞

品詞	單字	
【動】詞	会う（あ） 見面	見る（み） 看
【名】詞	手（て） 手	雨（あめ） 雨
【代名】詞	どこ 哪裡	これ 這個
【形容】詞	安い（やす） 便宜	楽しい（たの） 快樂
【形容動】詞	静かだ（しず） 安靜	便利だ（べんり） 方便
【副】詞	少し（すこ） 一些	とても 非常
【連體】詞	その 那個	大きな（おお） 大的
【接續】詞	しかし 但是	だから 所以
【助】詞	を　は　が　から（從…）　のに（卻…）	
【助動】詞	た　れる　そうだ（聽說）	
【感動】詞	はい（是的）　ああ（啊）	

第一課 就是要當主角 主語

要說某人做什麼事啦！人如何啦！從事什麼工作啦！這個某人就是這個話題的主角，日語文法叫「主語」。主語是指實際進行某動作的主體，或存在的主體。也指某性質、某狀態、某關係的主體。一般放在句子的前面。例如：

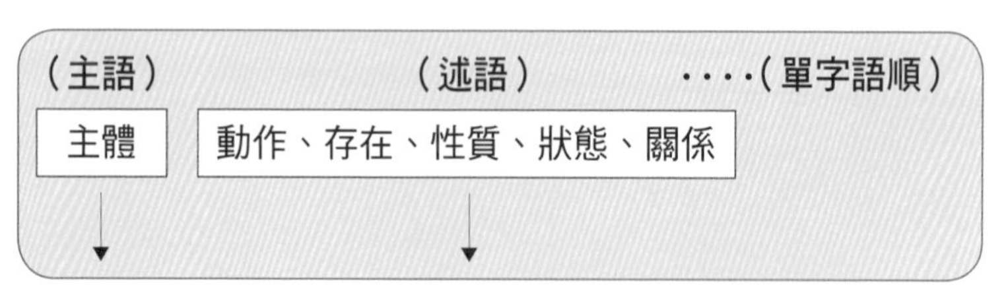

1. 私（わたし）は　行（い）きます。　我去。（動作）
2. 本（ほん）は　あります。　有書。（存在）
3. 雪（ゆき）は　白（しろ）いです。　雪是白的。（性質）
4. 京都（きょうと）は　きれいです。　京都很漂亮。（狀態）
5. 太郎（たろう）は　学生（がくせい）です。　太郎是學生。（關係）

其中「私」是「行きます」這個動作的主體。「本」是「あります」這一存在句的主體。「雪」是「白いです」這一性質的主體。「京都」是「きれいです」這一狀態的主體。主語「太郎」等於「學生」，兩者的關係是劃上等號的。主語一般是名詞、代名詞還有形容詞的語幹等。

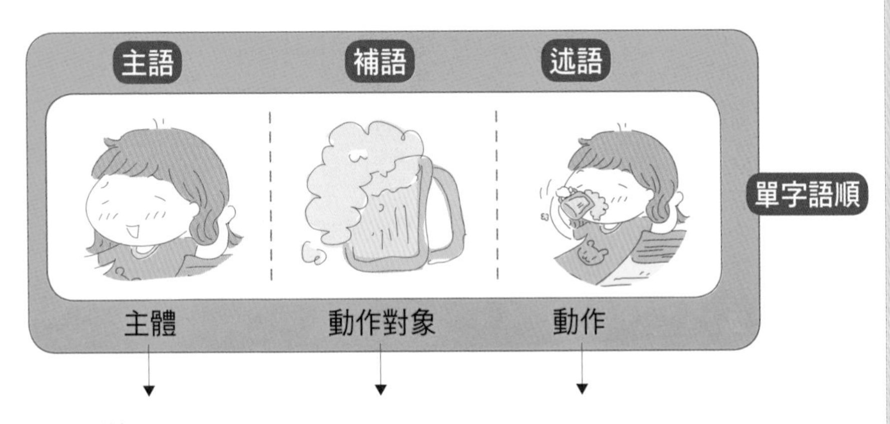

1 花子(はなこ)は。 花子。

2 花子(はなこ)は ビールを 飲(の)みます。 花子喝啤酒。

「花子喝啤酒。」，花子就是做「喝啤酒」這個動作的主角，也就是主語了。

要知道哪個是主語，看看助詞就知道了。這句話的主語助詞「は」。日語的特色就是有助詞來告訴您哪是主語喔！（助詞請看下一單元）

第二課 好像婢女、書童 助詞

T2

日語的助詞就像古代的婢女、書童一般，是來輔助主人，並顯示主人的身份是主語、補語還是修飾語。也就是說一個句子裡，各個單字間互相的關係，就靠助詞來幫忙弄清楚啦！當然助詞一定是緊緊跟在主人後面囉。也因為是這樣，日語又叫膠着語。

日語的助詞還不少，入門階段，首先要掌握的有：

「は」表示動作、狀態、關係、性質等主體。

「が」表示動作或狀態的主體，要求或願望的對象。

「を」表示動作的對象，移動時經過的痕跡或移動起點。

「に」表示到達點、動作的對象、移動的目標。

「へ」表示移動的目標或到達點。

「と」表示一起動作的對象。

「から」表示時間跟空間的起點或原因。

「まで」表示時間跟空間的終點。

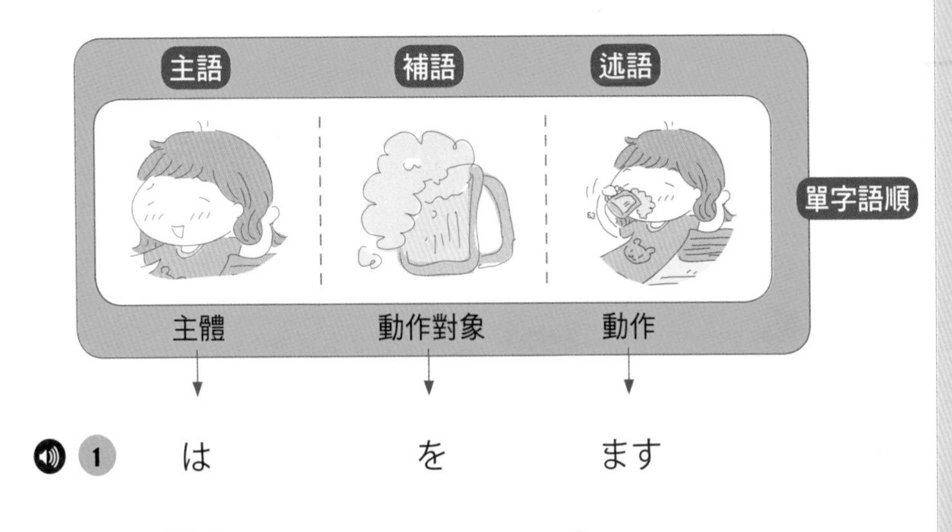

1　は　を　ます

2　花子は　ビールを　飲みます。花子喝啤酒。

「花子はビールを飲みます。」（花子喝啤酒。）這句話用助詞「は」表示「花子」是主語，也就是喝這一動作的主體。「を」表示「ビール」是補語，也就是「喝」這一動作的對象了。

助詞中，還有表示比較對象的「より」；方法、材料或原因的「で」；原因的「ので」；所屬或是並列的「の」；放在句尾，表示疑問或勸誘的「か」。

第三課 用行動襯托主題 述語

先提出主語「花子」了，至於她做了什麼動作？人在哪裡？長得怎麼樣？職業呢？要做這些敘述，都需要後面的述語。日語的述語有動詞、形容詞、形容動詞、跟名詞。

另外，要注意的是，日語的述語一般都是放在句尾的喔！

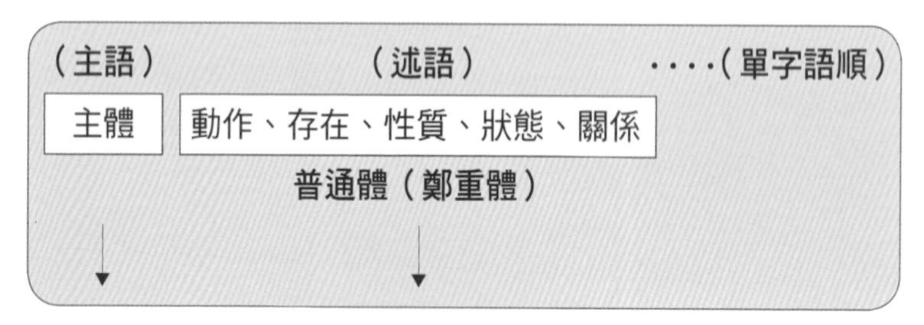

1. 花子（はなこ）は　行（い）く（行（い）きます）。　花子去。（動詞-動作）
2. 花子（はなこ）は　いる（います）。　花子在。（動詞-存在）
3. 花子（はなこ）は　美（うつく）しい（美（うつく）しいです）。花子很美。（形容詞-狀態）
4. 花子（はなこ）は　素直（すなお）だ（素直（すなお）です）。　花子很純樸。（形容動詞-性質）
5. 花子（はなこ）は　学生（がくせい）だ（学生（がくせい）です）。　花子是學生。（名詞-關係）

述語一般放在句尾，在形式上有「普通體」跟「鄭重體」兩種。普通體中動詞是以「u」（例如：見る）、形容詞是以「い」、形容動詞跟名詞是以「だ」結束。鄭重體的動詞是以「ます」，其他都以「です」結束。詳細請看第28～32、42～43、49頁。

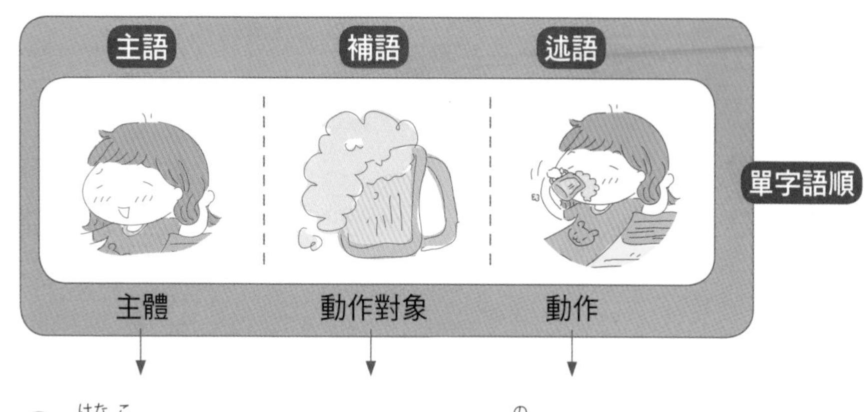

1 花子（はなこ）は　飲（の）みます。花子喝。

2 花子（はなこ）は　ビールを　飲（の）みます。花子喝啤酒。

動詞述語的「飲みます」（喝），是主語「花子」的動作。

例句（1）只有主語「私」（我）和述語的動詞「飲みます」（喝），沒有補語，讓人家不知道是喝什麼；例句（2）很清楚地知道花子喝的是「啤酒」。

第四課 我不能沒有你

補語

主語跟述語是一個句子的主要中心。但是，有時候，單靠述語是沒有辦法把意思說清楚的，這時就需要補語這樣的角色，來把意思進行補充說明。補語一般放在述語的前面。

補語就像把一張素顏的臉龐，補上彩妝一樣，把面貌修補得更完美。

補語一般以「名詞＋助詞」的形式，跟述語保持一定的關係。補語的種類有：對象、場所、手段、材料、範圍、變化的結果…等，詳細請參考STEP 3。

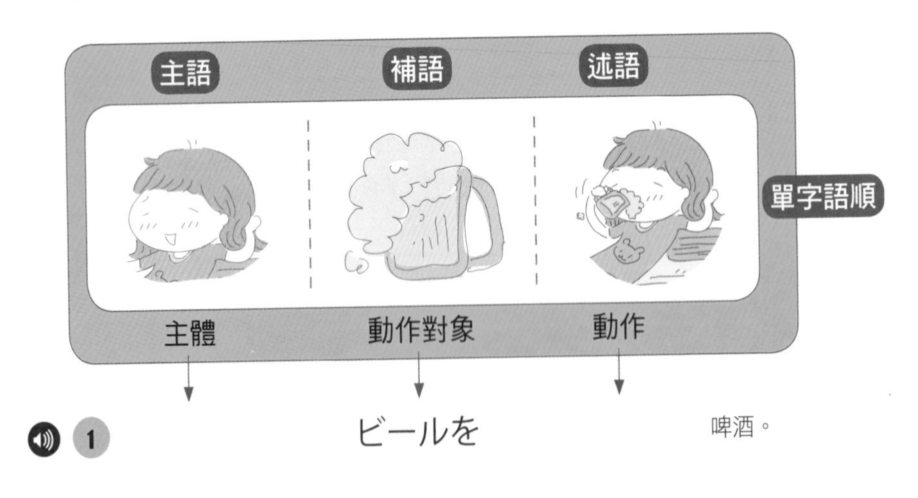

1　ビールを　啤酒。

2　花子（はなこ）は　ビールを　飲（の）みます。花子喝啤酒。

「花子はビールを飲みます。」中，補語以「ビール＋を」的形式，跟動詞述語「飲みます」構成「動作對象」的關係。也就是說「飲みます」需要有一個喝這個動作的對象，那個對象就是補語「ビール」，再加補語助詞「を」。

第五課 講清楚說明白

修飾語

◎ T5

大熱天，為了消暑，一口氣喝下啤酒，能瞬間刺激喉嚨，全身感覺清爽！要說「太郎一口氣喝了啤酒。」其中「一口氣」就是這個單元要說的「修飾語」了。

「修飾」就是讓句子的內容更詳細、明確的意思。就像一個造型設計師，把一個五官平凡的女孩，打造成五官立體，摩登的女孩一樣。

修飾語分為修飾體言的體言修飾語，跟修飾用言的用言修飾語。體言是指名詞、代名詞；用言是會有活用變化的動詞、形容詞及形容動詞。詳細請看第28～32、42～43、49頁。

修飾語一般放在被修飾語的前面。

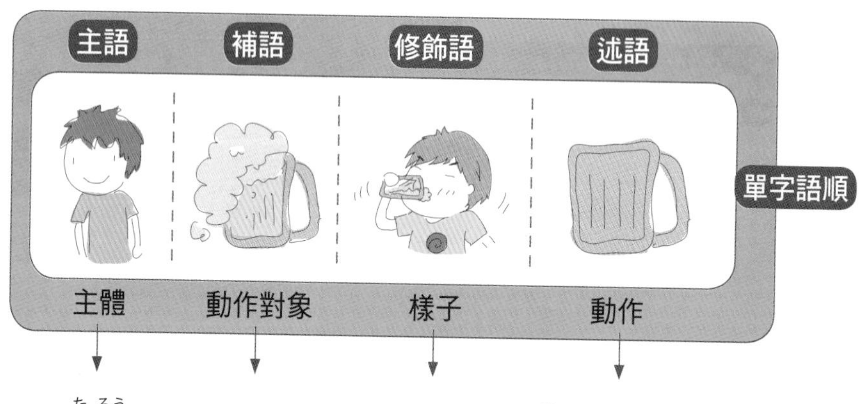

1 太郎（たろう）は　ビールを　　　　　飲（の）みました。　太郎喝了啤酒。

2 太郎（たろう）は　ビールを　一気（いっき）に　飲（の）みました。　太郎一口氣喝了啤酒。

例句（1）只說太郎喝了啤酒。例句（2）加入修飾語「一気に」來修飾後面的動詞「飲みました」，更清楚表現出程度是「一口氣」的。

代名詞的圖像

- 不稱呼對方的名字、名稱，而用「你、我他、它」來稱呼人或物的叫代名詞。

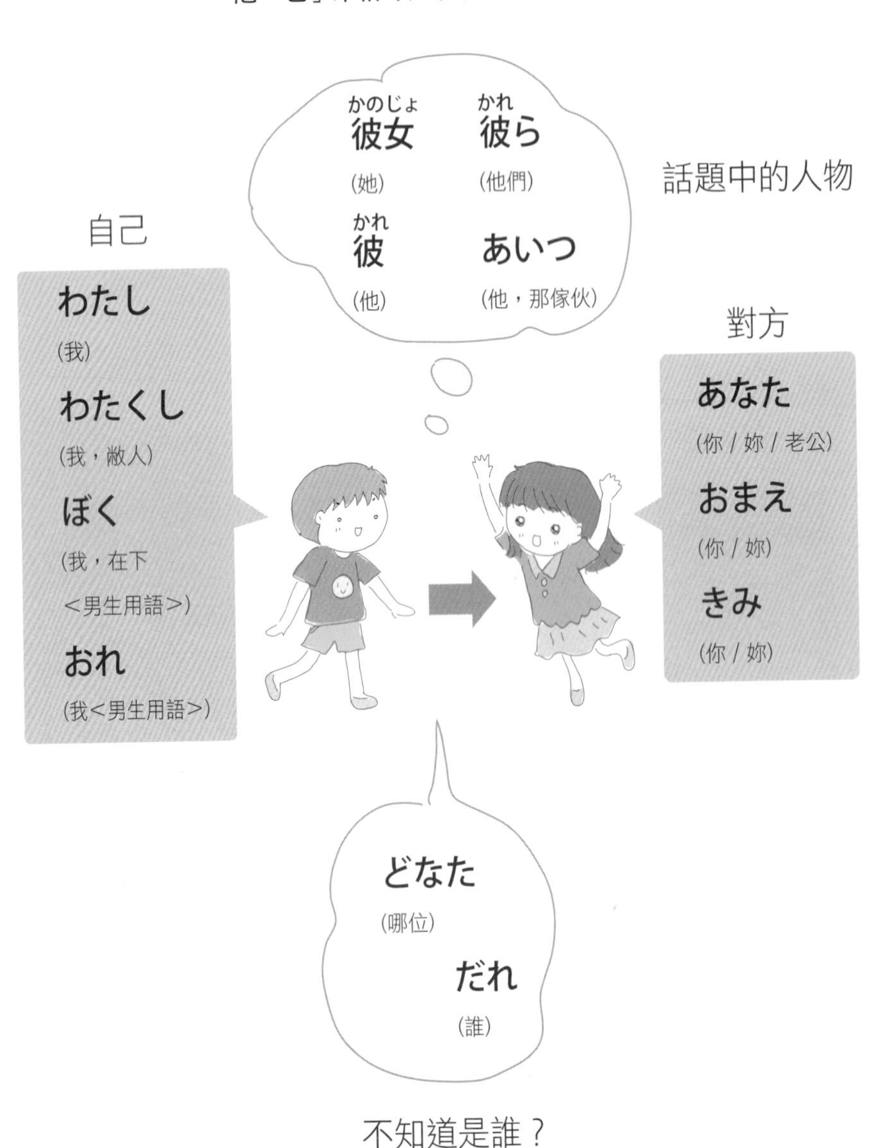

1 照語順寫句子 依照下面的語順，改成一個完整的日文句子

1. 她 → 音樂 → 聽

音楽（おんがく）　聴（き）きます

____

2. 他 → 日語 → 教

日本語（にほんご）　教（おし）えます

____

3. 我 → 飯 → 慢慢地 → 吃

ご飯（はん）　ゆっくり　食（た）べます

____

2 排排看 請把盒子裡的字，排成正確的句子

1.

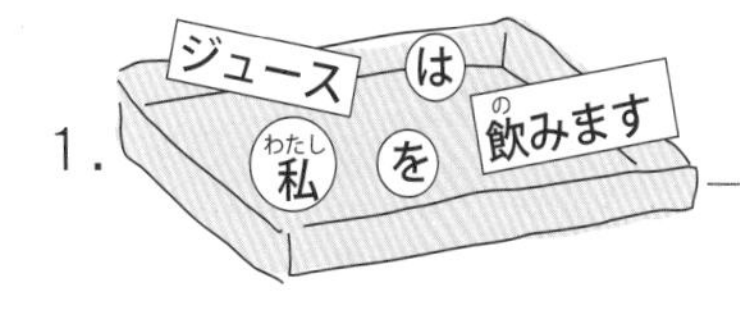

____

ジュース＝果汁

2.

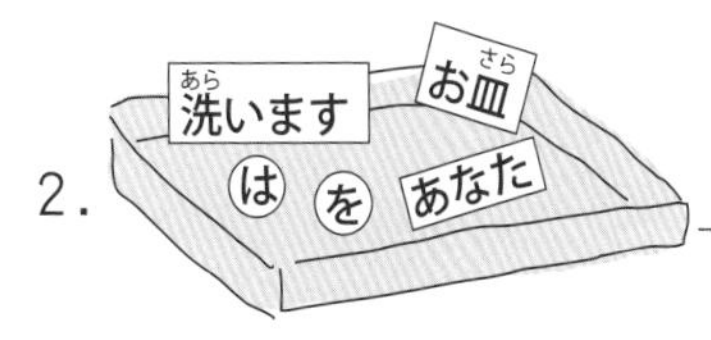

____

洗（あら）います＝洗；お皿（さら）＝盤子

第一課 做什麼

（一）主語+述語

基本句中的「做什麼」語順是「主語＋述語」。主語是由助詞「が」來表示的。

如：「雨が降ります。」（下雨。）、「鳥が飛びます。」（鳥飛。）、「花があります。」（有花。）等。這時候述語的「降ります、飛びます、あります」等表示動作、作用、狀態及存在的單字，就叫動詞。

這個動詞，由於不需要動作的對象，沒有人為的意圖而發生的動作，是因為自然等等的力量而有的動作，所以又叫做自動詞。

中文說「下雨」，動詞是在前面，主語是在後面。而日語的語順剛好是相反的，把動詞「下」放在主語「雨」的後面，當然主語要用助詞「が」來表示囉！語順是，

話題が+動作。

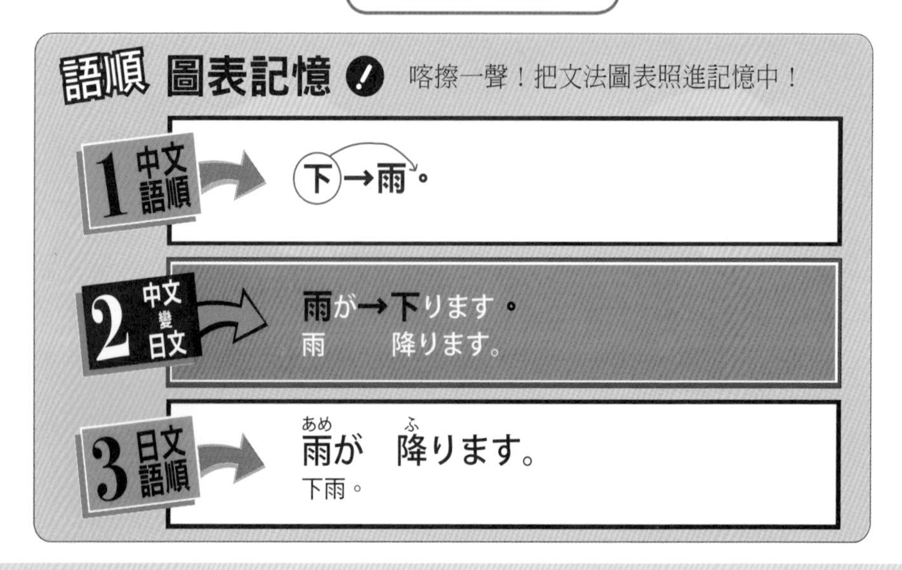

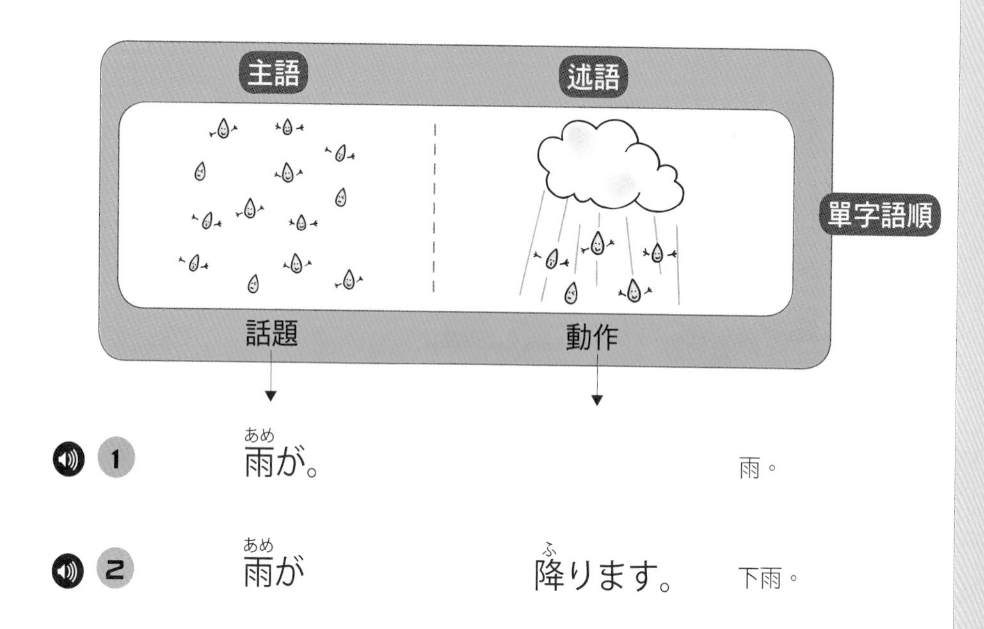

1 雨（あめ）が。　　雨。

2 雨（あめ）が　降（ふ）ります。　　下雨。

以一個句子為基本，然後再發展成更長的句子，這個基本的句子，就叫基本句。基本句的定義是：（1）句中的每個單字，都是缺一不可的。（2）基本句中的述語，有動詞、形容詞還有名詞。（3）述語都是肯定形的。

上面的例句（1）只提到「雨」，沒有後面的述語，所以不是完整的句子。例句（2）有主語跟述語，這樣才算完整的句子。

（二）主語+補語+述語（1）

T7

基本文中，還有中間加入補語的「主語＋補語＋述語」的基本句。其中補語是由助詞「を」來表示的。這裡的補語是承受述語動作的對象的人或物。

而述語部分的動詞，由於是需要有個補語，來當作承受動作的對象，所以又叫做他動詞。這是相對於不需要承受動作對象的自動詞喔！

「日本人喝味噌湯」這句語順是，將動作「喝」移到句尾。然後助詞各自發揮作用主詞用「は」，補語用「を」表示。注意喔！日語的語順中，動詞往往是放在句尾的喔。語順是，

主體は+動作對象を+動作。

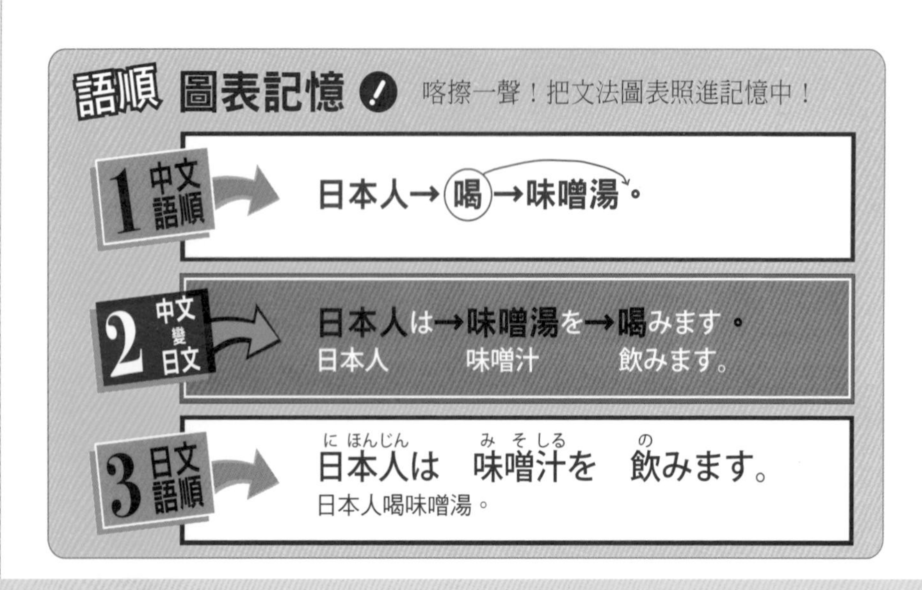

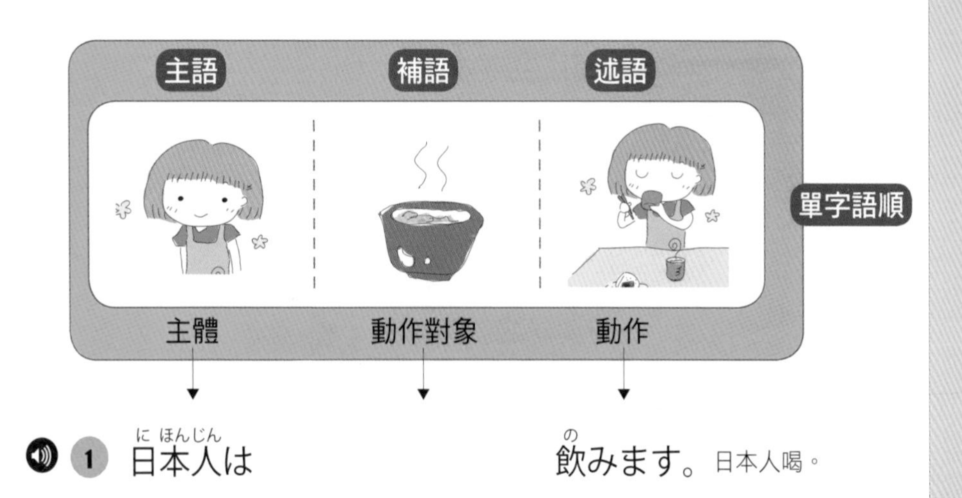

1 日本人（にほんじん）は　飲（の）みます。日本人喝。

2 日本人（にほんじん）は　味噌汁（みそしる）を　飲（の）みます。日本人喝味噌湯。

主語就是做這個動作的人囉！日語中補語一般是在述語的前面。「他動詞」指的是人為的，有人抱著某個目的有意識地作某一動作。

看漫畫比比看

上面例句（1）主語喜歡喝什麼呢？沒有承受喝這個動作的對象，所以意思就顯得不夠完整。為了讓「飲みます」（喝）有個對象，也讓意思能完整呈現，所以例句（2）加入補語「味噌汁」後接補語助詞「を」。

（三）主語+補語+述語（2）

◎T8

日語中有許多的他動詞，大部分的他動詞，補語是用助詞「を」來表示的。但是，也會因為動詞述語的不同，而使用不同的補語助詞。

除了「を」之外，還有書童「＿＿と」「＿＿へ」「＿＿に」「　＿から」「＿＿まで」「＿＿より」等，都可以當作補語助詞的。詳細部分，請參考STEP 3。

要說「太郎和花子吵架」把「和」移到花子的後面，就行啦！這句話，中文的動詞，很乖地跑到後面，所以比較簡單啦！語順是，

主體は+動作對象と+動作。

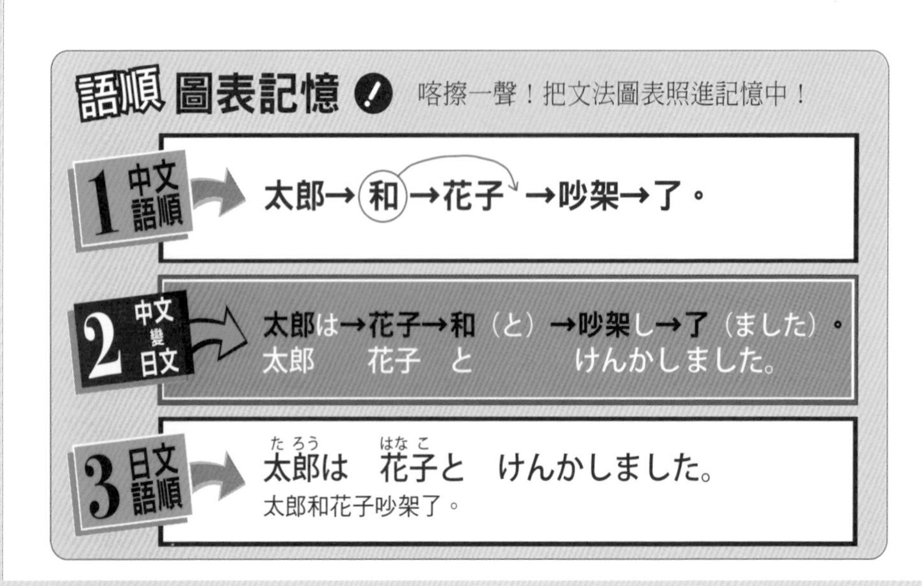

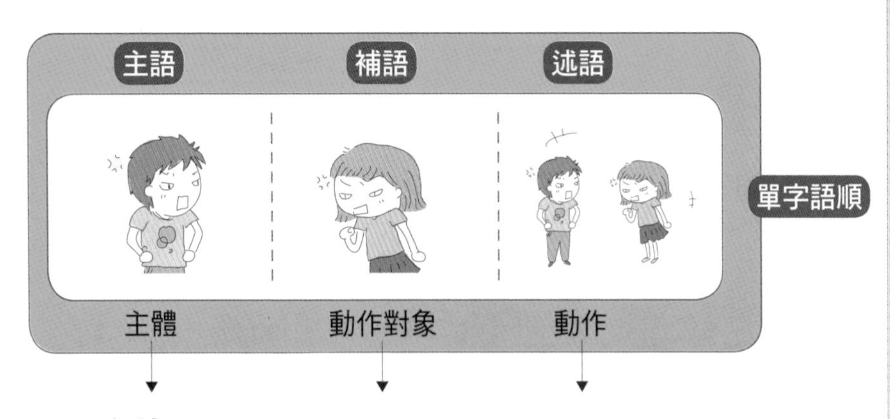

1 太郎（たろう）は　けんかしました。太郎吵架了。

2 太郎（たろう）は　花子（はなこ）と　けんかしました。太郎和花子吵架了。

看漫畫比比看

上面例句（1）只提到太郎吵架了，沒有述語動詞「けんかしました」的補語，所以不知道跟誰吵架；例句（2）加上了補語「花子」，才知道吵架的對象。整個句子就很清楚了。

（四）有兩個以上的補語

有些動詞述語，不僅只有一個補語，而是有兩個補語。如：「お母さんは太郎にお金を渡します。」（媽媽給太郎錢）中主語是「媽媽」，做的動作是「渡します」（給），先拿錢在手上，所以直接補語是「お金を」，然後給間接的補語「太郎に」。

從這裡可以清楚看到，間接補語用助詞「に」表示，直接補語用助詞「を」表示。

「媽媽給太郎錢」這句話，從中文語順來進行變化的話，就是把動作「給」移到句尾，就行啦！語順是，

主體は+間接對象に+直接對象を+動作。

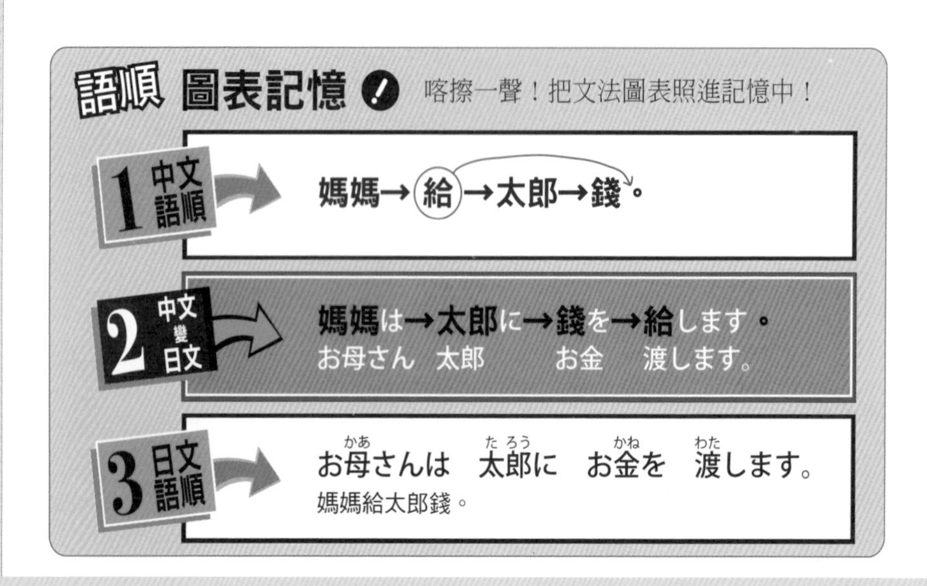

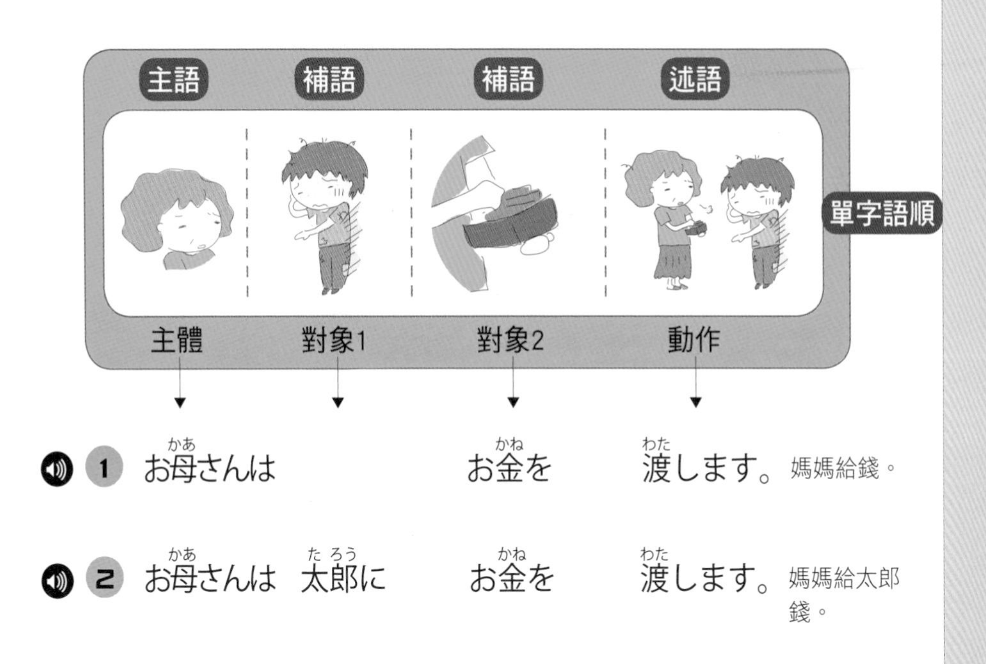

1 お母(かあ)さんは　お金(かね)を　渡(わた)します。　媽媽給錢。

2 お母(かあ)さんは　太郎(たろう)に　お金(かね)を　渡(わた)します。　媽媽給太郎錢。

看漫畫比比看

上面例句（1）只知道媽媽把錢遞了出去，不知道是給誰；例句（2）加入「太郎に」用助詞「に」來表示間接的對象，也就是給錢的對象，原來是「太郎」。

五段動詞

五段動詞活用變化如下：

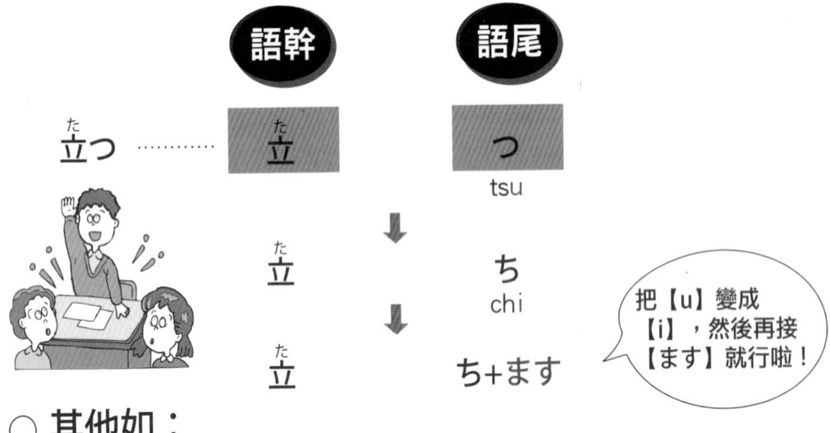

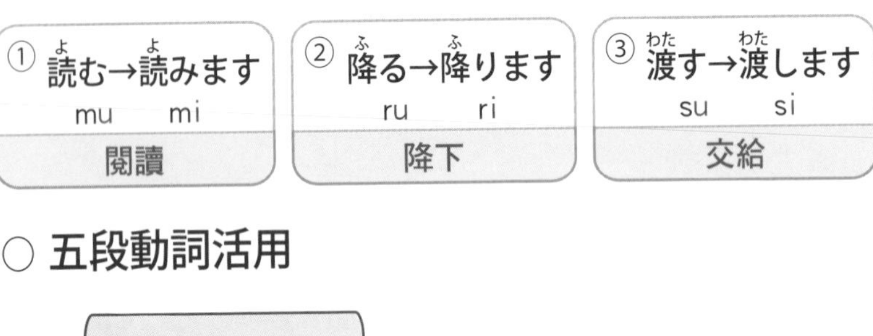

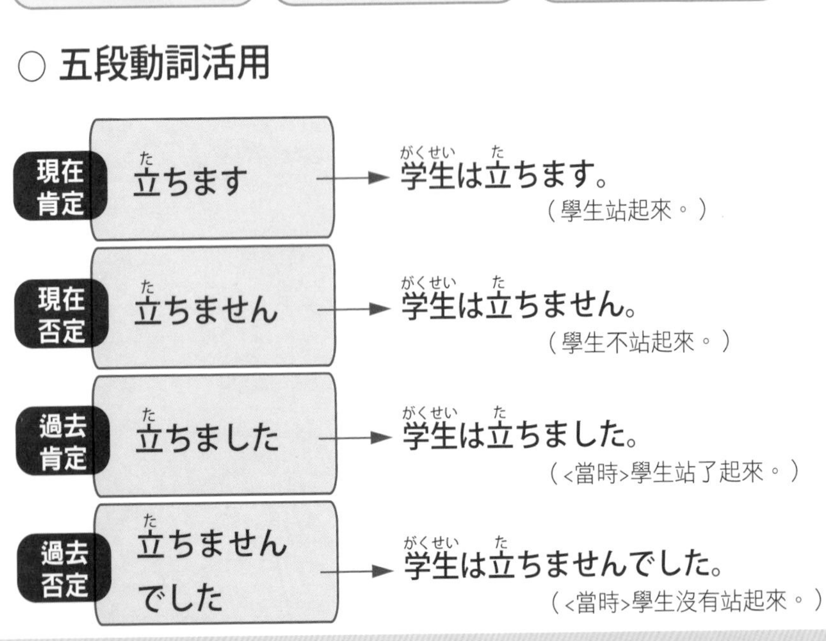

上一段動詞

上一段動詞活用變化如下：

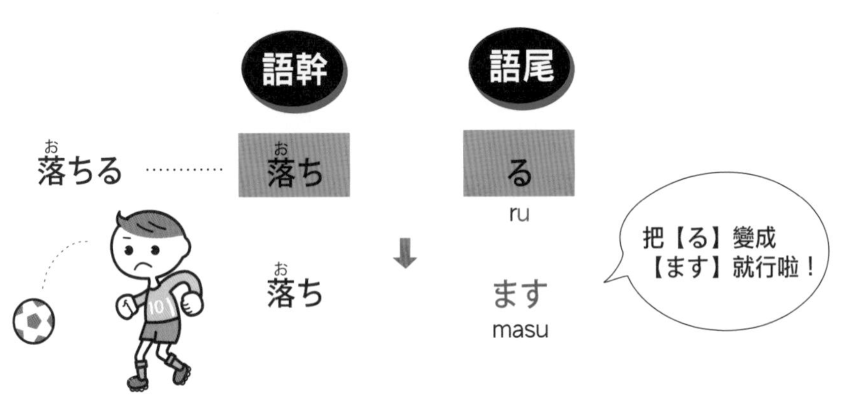

○ 其他如：

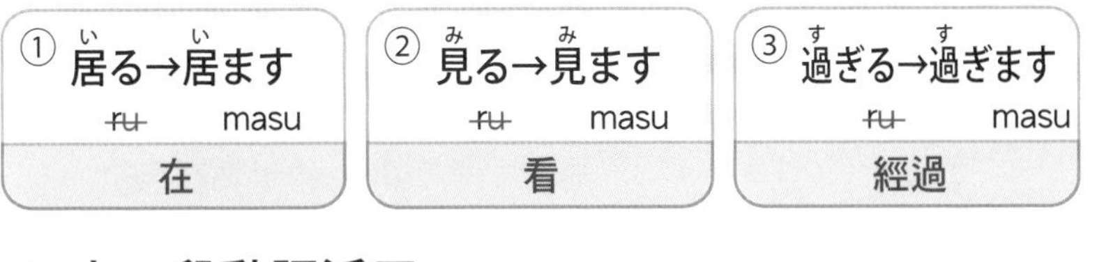

○ 上一段動詞活用

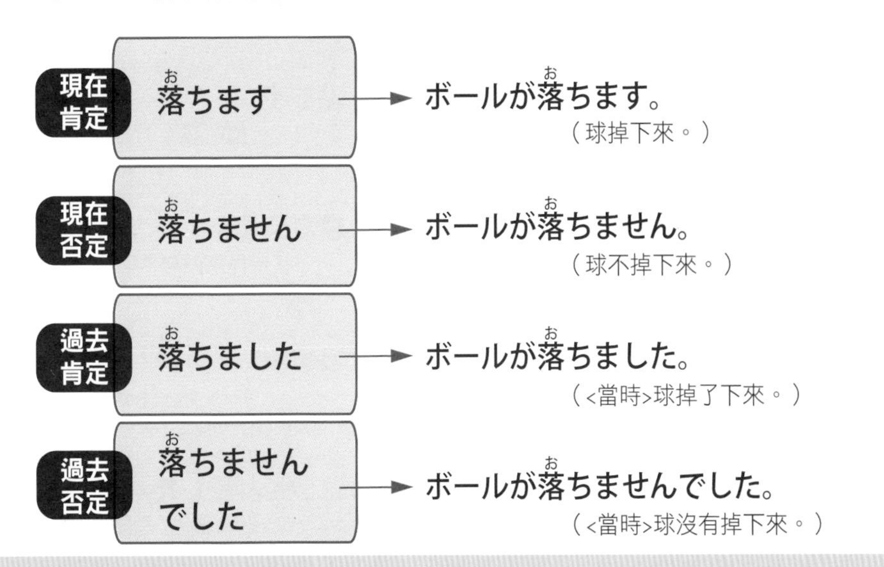

下一段動詞

下一段動詞活用變化如下：

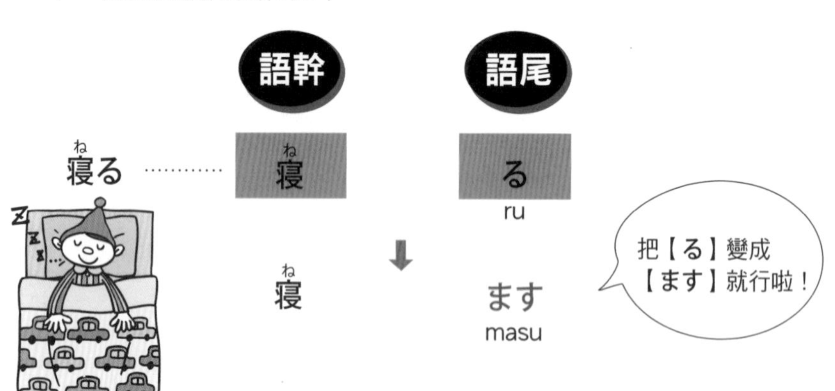

○ 其他如：

① 受(う)ける→受(う)けます	② 教(おし)える→教(おし)えます	③ 覚(おぼ)える→覚(おぼ)えます
~~ru~~ masu	~~ru~~ masu	~~ru~~ masu
接受	教導	記住

○ 下一段動詞活用

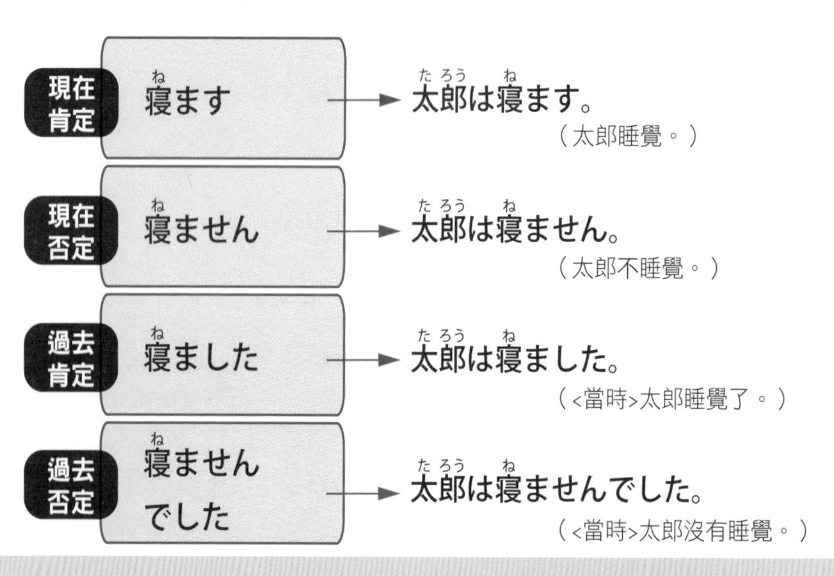

サ変動詞

サ変動詞活用變化如下：

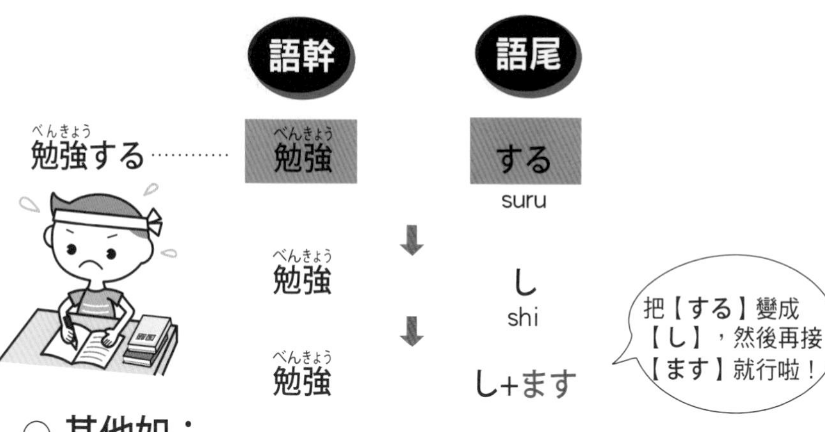

○ 其他如：

① 旅行(りょこう)する→旅行(りょこう)します	② 散歩(さんぽ)する→散歩(さんぽ)します	③ 練習(れんしゅう)する→練習(れんしゅう)します
~~suru~~ shi	~~suru~~ shi	~~suru~~ shi
旅行	散步	練習

○ サ変動詞活用

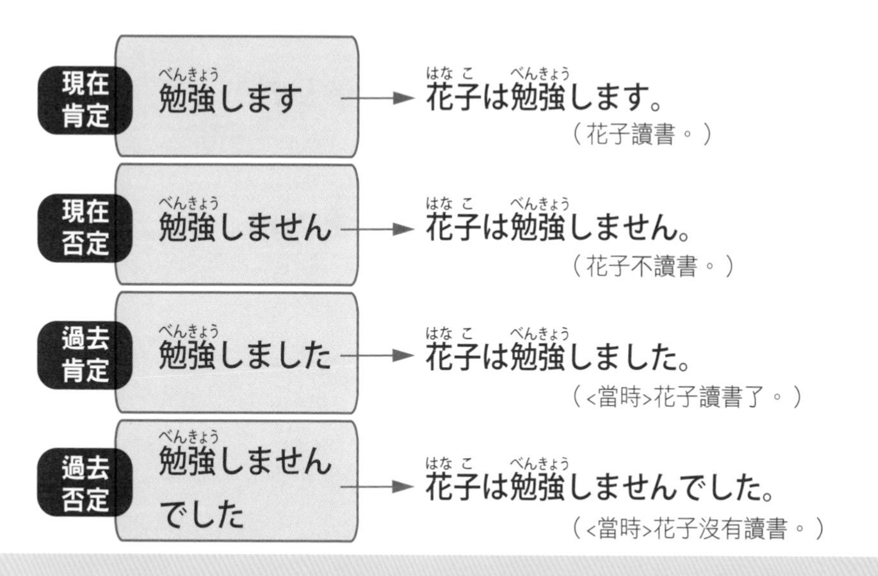

カ変動詞

カ変動詞活用變化如下：

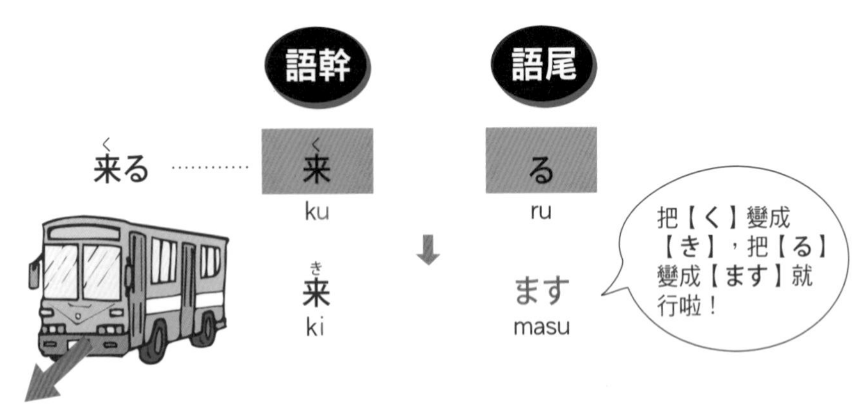

○ 其他如：

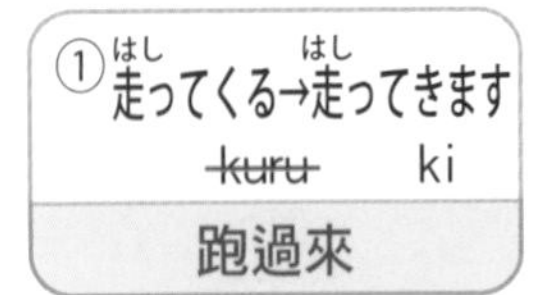

② 帰(かえ)ってくる→帰(かえ)ってきます
~~kuru~~ ki
回到家來

③ 呼(よ)んでくる→呼(よ)んできます
~~kuru~~ ki
去叫來

○ カ変動詞活用

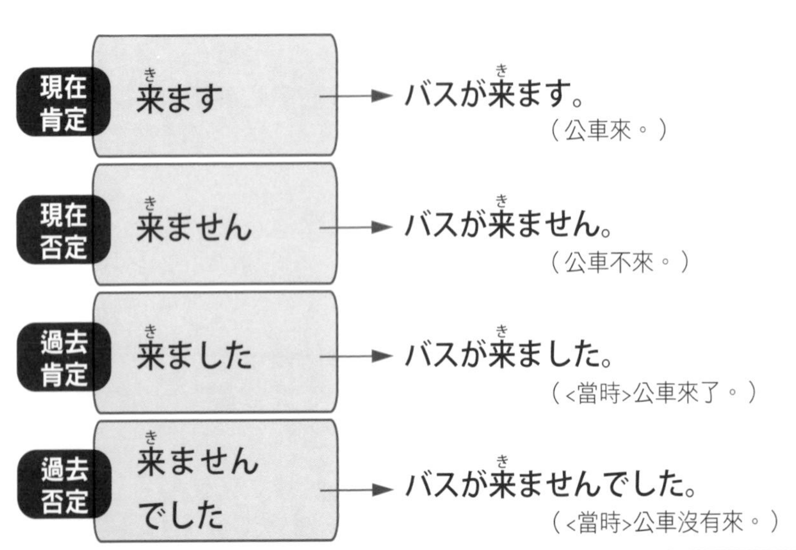

家人的圖像

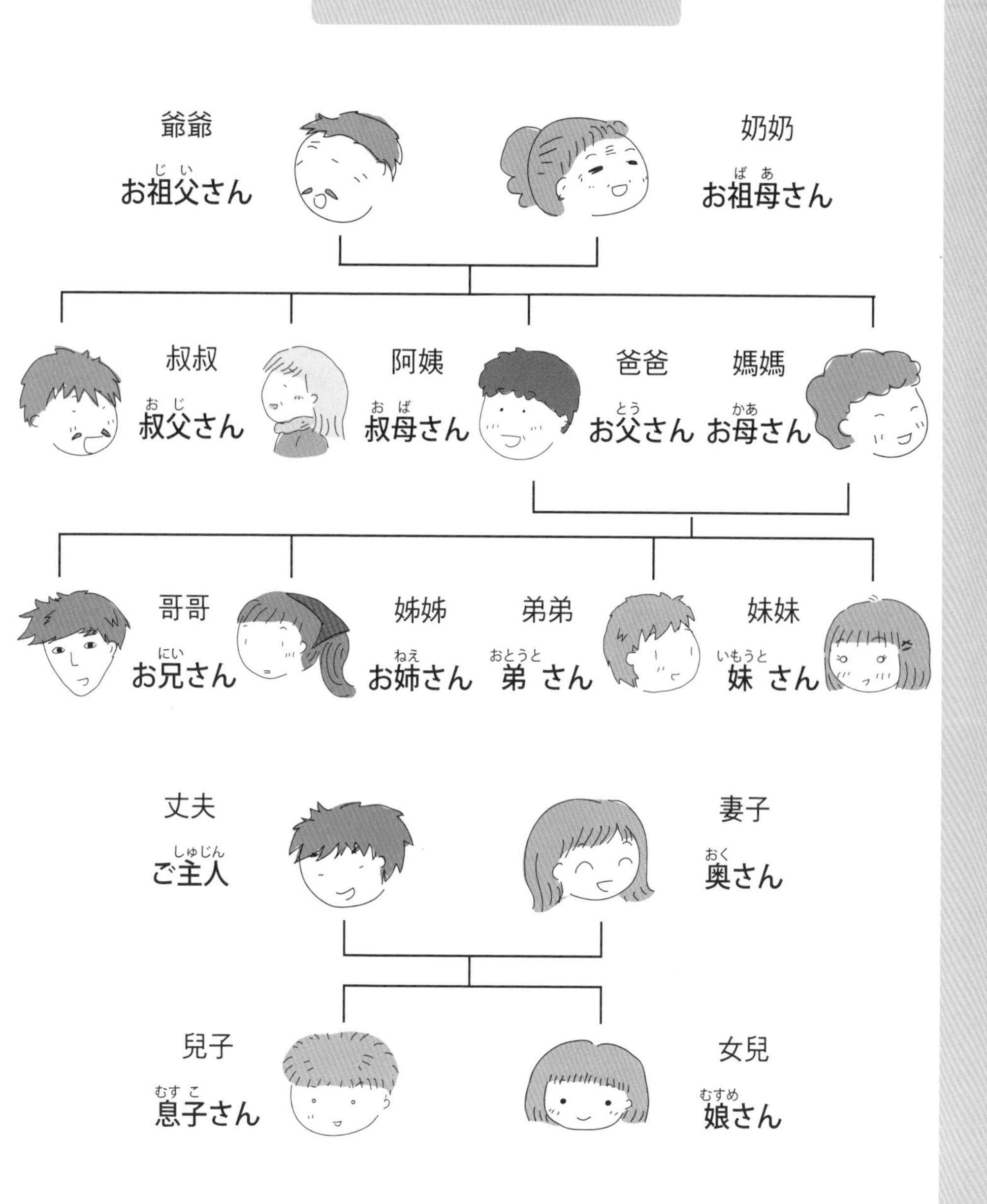

爺爺
お祖父(じい)さん
奶奶
お祖母(ばあ)さん
叔叔
叔父(おじ)さん
阿姨
叔母(おば)さん
爸爸
お父(とう)さん
媽媽
お母(かあ)さん
哥哥
お兄(にい)さん
姊姊
お姉(ねえ)さん
弟弟
弟(おとうと)さん
妹妹
妹(いもうと)さん
丈夫
ご主人(しゅじん)
妻子
奥(おく)さん
兒子
息子(むすこ)さん
女兒
娘(むすめ)さん

1 照語順寫句子　依照下面的語順，改成一個完整的日文句子

1. 風 → 吹 → 了
風（かぜ）　吹（ふ）きます

2. 哥哥 → 她 → 和 → 約會 → 了
デートします

3. 蔬果店 → 花子 → 給 → 菜頭 → 賣 → 了
八百屋（やおや）　大根（だいこん）　売（う）ります

2 排排看　請把盒子裡的字，排成正確的句子

1.
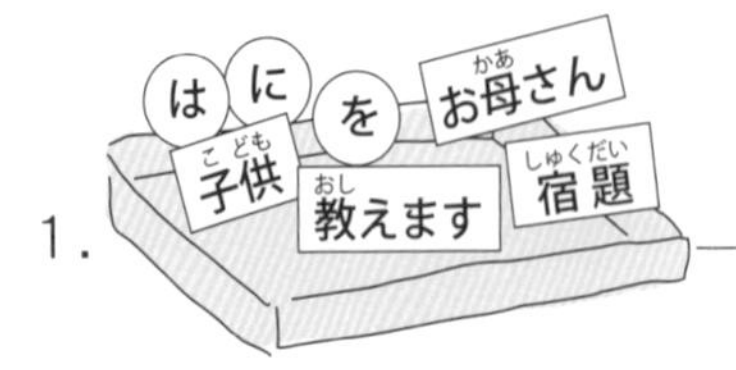

教（おし）えます＝教；宿題（しゅくだい）＝功課

2.

買（か）います＝購買；ビール＝啤酒

第二課　怎樣的

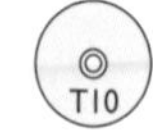

（一）主語+述語

基本句「怎樣的」，又叫形容詞句。形容詞句的述語是形容詞，有「＿＿い」「＿＿だ」兩種。形容詞是說明客觀事物的性質、狀態或主觀感情、感覺的詞。而主語是用助詞「は」跟「が」來表示的。主語的助詞「は」用在表示一般的性質或狀態；「が」用在表示短時間的現象或狀態。

其中以「＿＿い」「＿＿しい」結束的叫形容詞；以「＿＿だ」結束的叫形容動詞。

日文的形容詞句的語順是「主語＋述語」，這對我們而言比較好理解。例如，中文要說「風很涼」，就只要直接照著中文語順走就好了。當然主語的助詞「が」或「は」要記得接在主語的後面囉！語順是，

話題は／が+狀態。

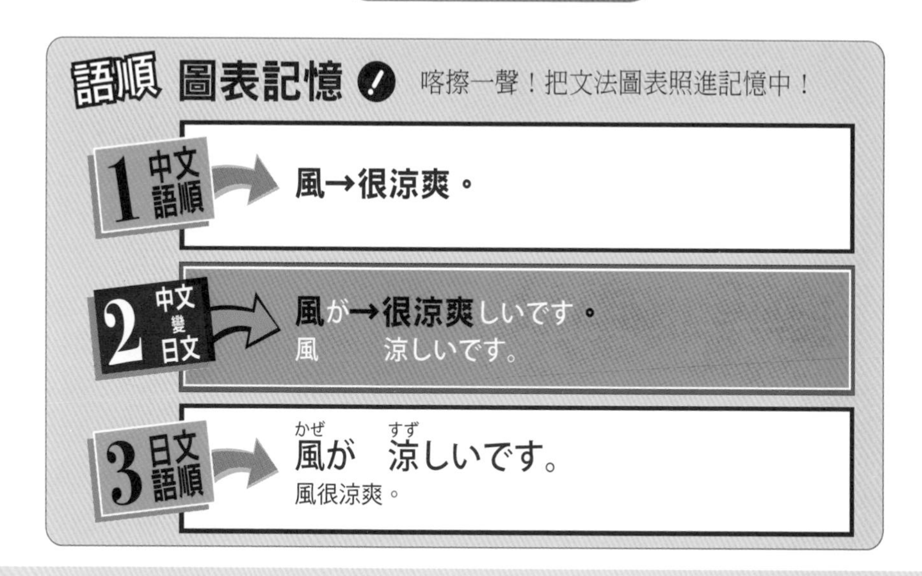

(1) が+形容詞

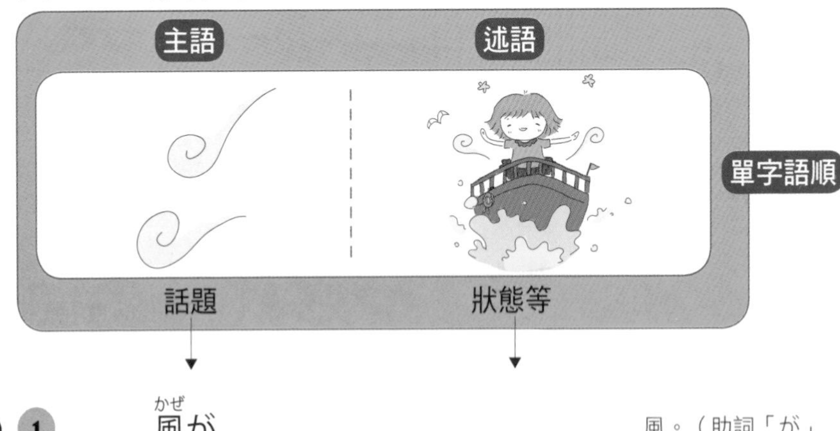

1 風(かぜ)が　　風。(助詞「が」一時的狀態)

2 涼(すず)しいです。　　很涼爽。(述語語尾是「__い」)

3 風(かぜ)が　涼(すず)しいです。　　風很涼爽。

「風が涼しいです。」(風很涼。)這一句話,是敘述「風」的形容詞句。首先,「風」是這個句子的主語,也是主題,主語助詞是「が」。對於風所進行的描述是後接的形容詞「涼しい」(涼爽)。最後是表示尊重的「です」。日語中後面接的「です」、「ます」,都是對對方表示尊敬的說法。

另外,日語單純的敘述「風が涼しいです」(風涼),為了翻譯上語意的通順而加上「很」字,成為「風很涼」。

(2) が＋形容動詞

1 夜景(やけい)が　　夜景。（助詞「が」一時的狀態）

2 きれいです。　　很美麗。（述語語尾是「_だ(です)」）

3 夜景(やけい)が　きれいです。　　夜景很美麗。

北海道的百萬夜景，真的值得一看的喔！這句話是根據「夜景」來進行描述的。主語是「夜景」，也是主題。主語助詞是「が」，對夜景所進行的描述是後接的形容動詞「きれいです」（美麗）。

這裡的「です」是「きれい」的語尾，是一體的，不能拆開的喔！這跟上面的「涼しいです」中表示尊重的「です」是不一樣的。「涼しい」的語尾是「い」跟「です」並不是一體的。我們看下面：

語幹	語尾
涼し	い
きれい	です（常體是「だ」）

區分「語幹」跟「語尾」的不同是很重要的喔！因為不論是要變成否定或過去式，會變化的都只有語尾，語幹是不會有變化的。

(3) は＋形容詞

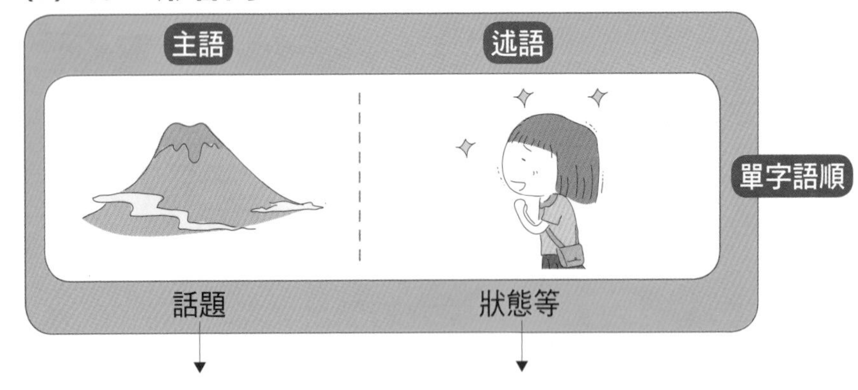

1 ふじさん
富士山は　　富士山。（助詞「は」一般的狀態）

2 うつく
美しいです。　　很美。（述語語尾是「＿い」）

3 ふじさん　うつく
富士山は　美しいです。　　富士山很美。

這句話，是描述「富士山」的形容詞句。首先，「富士山」是這個句子的主語，也是主題，主語助詞是「は」。對於富士山所進行的敘述是後接的形容詞「美しい」（美麗）。最後是表示尊敬的「です」。

「富士山は美しいです。」這句話的普通體是「富士山は美しい。」否定形是要在語尾的「い」進行變化，把「い」變成「く」，成為「美しくありません」，普通體的說法是「美しくない」。

(4) は＋形容動詞

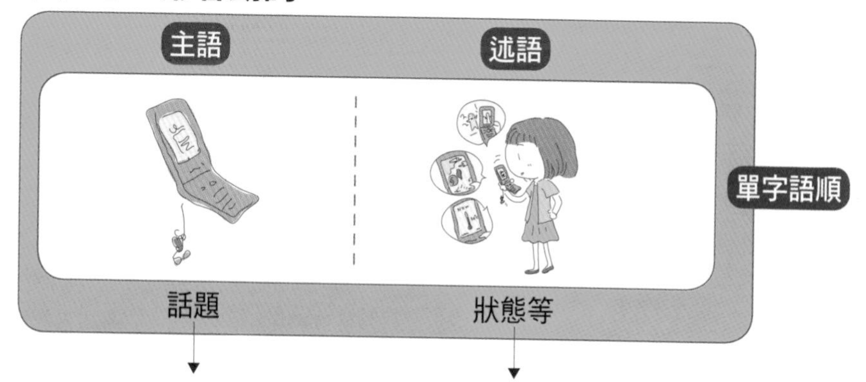

① 携帯(けいたい)は ―― 手機。（助詞「は」一般的狀態）

② 便利(べんり)です。 ―― 很方便。（述語語尾是「＿だ（です）」）

③ 携帯(けいたい)は 便利(べんり)です。 ―― 手機很方便。

這句話是根據「手機」來進行敘述的。主語是「手機」，也是主題。主語助詞是「は」，對手機所進行的描述是後接的形容動詞「便利です」（方便）。

「携帯は便利です。」這句話的普通體是「携帯は便利だ。」否定形要在語尾的「だ」進行變化，把「だ」變成「で」，成為「便利ではありません」，普通體的說法是「便利ではない」。兩句中的「では」，都可以簡單說成口語用的「じゃ」。

「です」、「ます」形的鄭重體，表示對對方的尊敬；相對地，普通體的「だ」，是對晚輩、部屬或是平輩說的。

（二）有補語的

形容詞句也會有補語的時候。例如「アパートは駅に近いです。」（公寓離車站很近。）這句中，述語「近い」的補語是「駅に」，表示說明主語「アパートは」是靠車站很近。

「公寓離車站很近。」這句話要變日文語順，就前面提過，形容詞句的語順比較接近中文語順，所以不會有大幅的移動，只要把「離」字移到車站後面就行啦！

中文的介詞「離」，表示兩點之間的距離，在這裡相當於日語的助詞「に」，而這句有補語的形容詞句，助詞是「に」。因此，就助詞一定接在補語後面的概念來看，「離」當然要在「車站」的後面啦！語順是，

主體は+關連內容に+狀態。

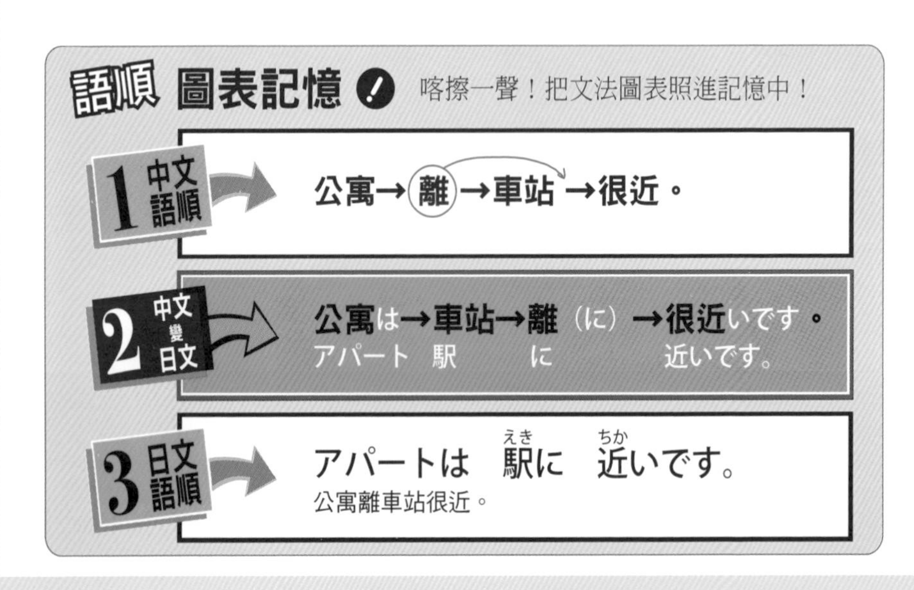

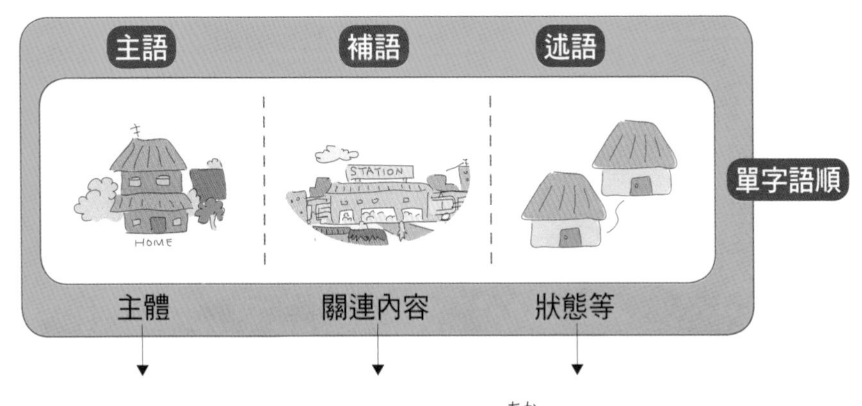

1 アパートは　近(ちか)いです。公寓很近。

2 アパートは　駅(えき)に　近(ちか)いです。公寓離車站很近。

看漫畫比比看

例句（1）只知道「公寓很近」，但是離什麼近呢？沒有明確說明；例句（2）很清楚地說出距離近的兩個點「公寓」跟「車站」。也就是公寓是「離車站很近」的啦！

形容詞

形容詞活用變化如下：

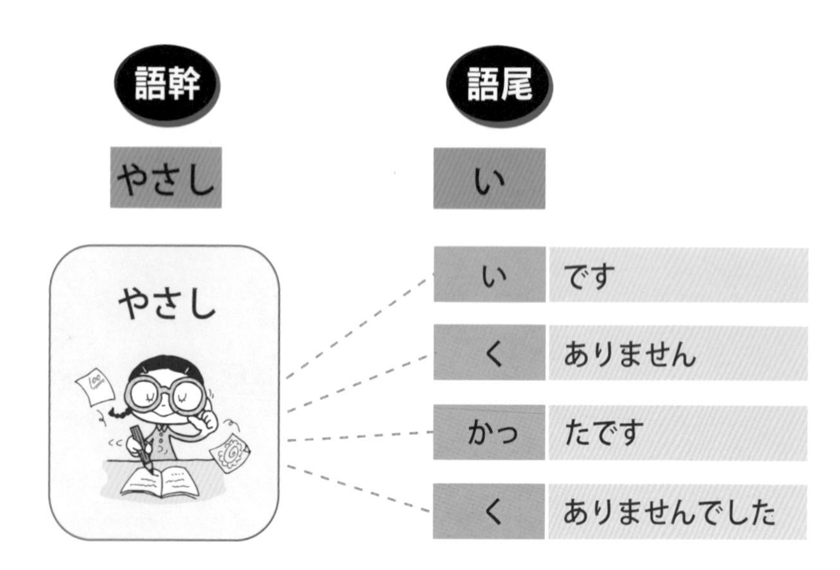

○ 形容詞活用

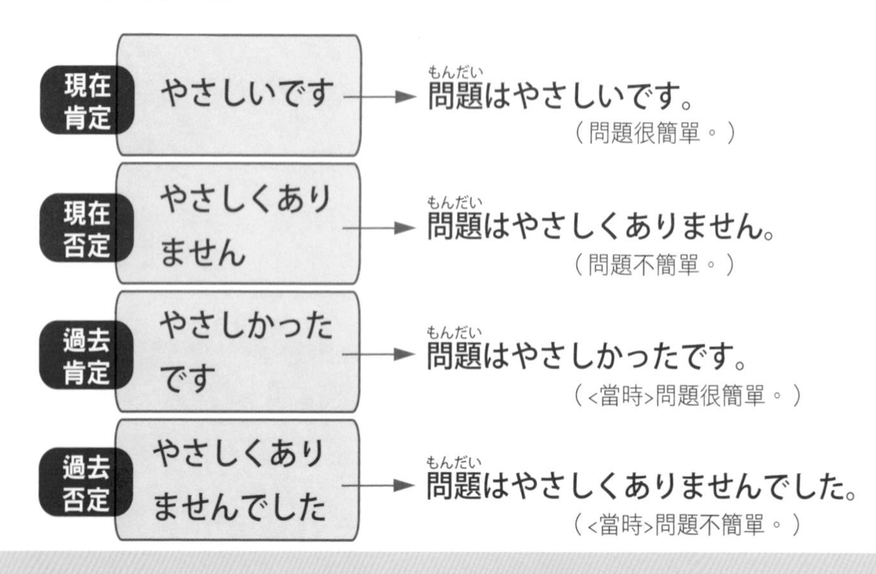

形容動詞

形容動詞活用變化如下：

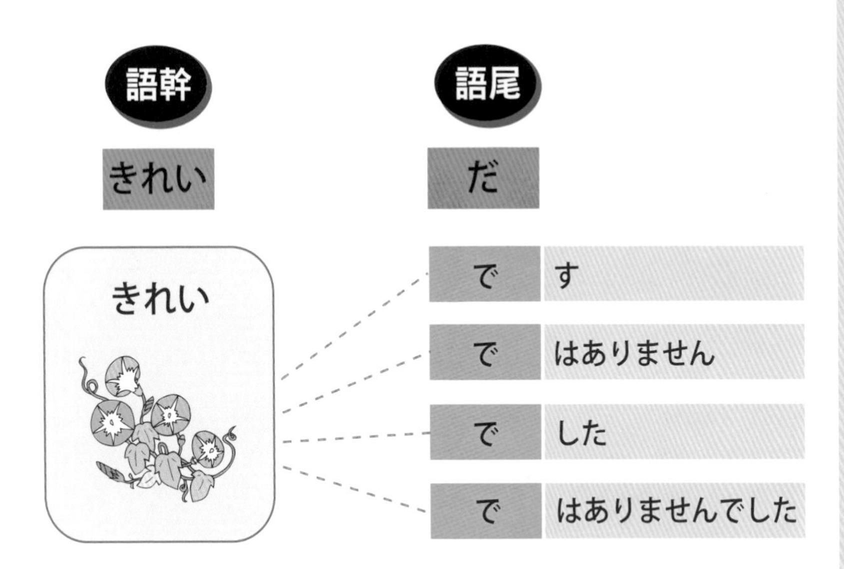

○ 形容動詞活用

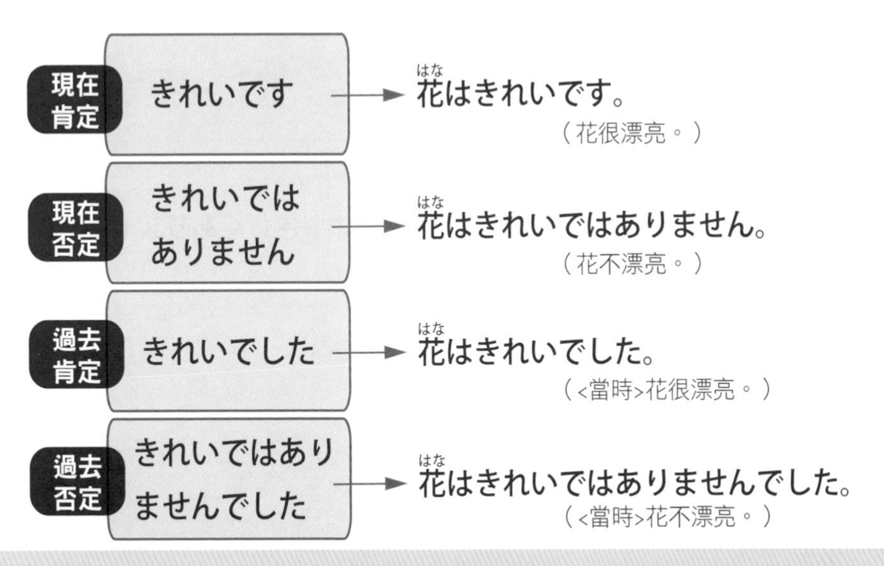

1 排排看 請把盒子裡的字，排成正確的句子

1.

遠(とお)いです＝很遠；学校(がっこう)＝學校；家(いえ)＝家

2.

歴史(れきし)＝歴史；詳(くわ)しいです＝很瞭解

2 翻譯練習 請把中文句子翻譯成為日文

1.**海很藍。**(用助詞「が」) 海＝海(うみ)；藍＝青(あお)い

2.**汽車很方便。**(用助詞「が」) 汽車＝車(くるま)；方便＝便利(べんり)

3.**山很漂亮。**(用助詞「が」) 山＝山(やま)；很漂亮＝きれい

第三課 什麼的

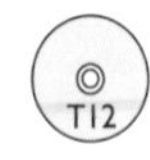

基本文的「什麼的」語順是「主語＋述語」。它是沒有補語的，而主語的助詞也只有「は」而已。也就是「～は～です」這樣的名詞句。

例如，「太郎は学生です。」（太郎是學生。）這裡的「太郎」是主語，也就是主題。助詞的「は」是來告訴你，太郎是主題喔！當然，原則上主語是要放在句首的啦！述語是「学生」，最後加上「です」，就把兩者劃上等號了。

「太郎是學生。」這句話的日語語順，就把「是」往後移就可以啦！這裡的「是」相當於日語的「です」，普通體是「だ」喔。

主語は+述語です

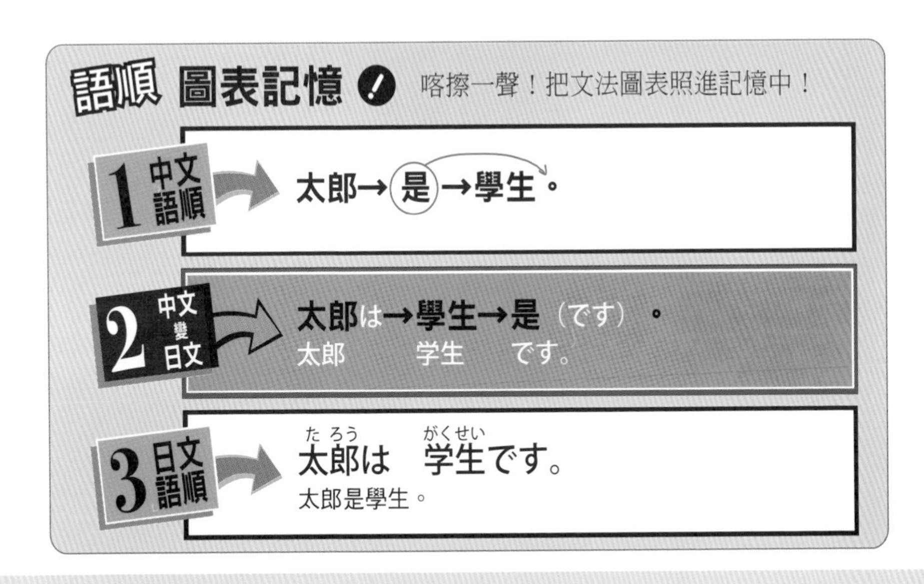

（一）主語是名詞

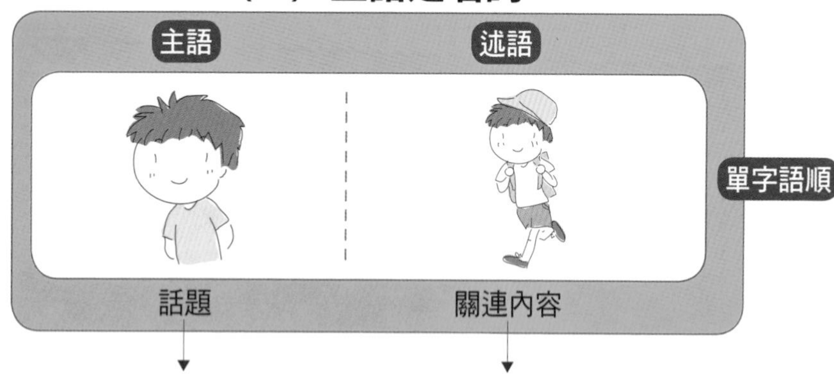

1 太郎（たろう）は。　太郎。（主語的助詞只有「は」）

2 太郎（たろう）は　学生（がくせい）です。　太郎是學生。

主題是「太郎」，述語是「学生」，但光是這樣還不夠，必須要加入「です」（是）才能把兩者劃上等號，說明「太郎是學生。」這件事。有些人很容易把「は」譯成「是」，這是不對的喔！

「太郎」是人的名字，「郎」是表示男性的接尾詞，在日本長子叫這個名字的還不少。

（二）主語是事物指示詞

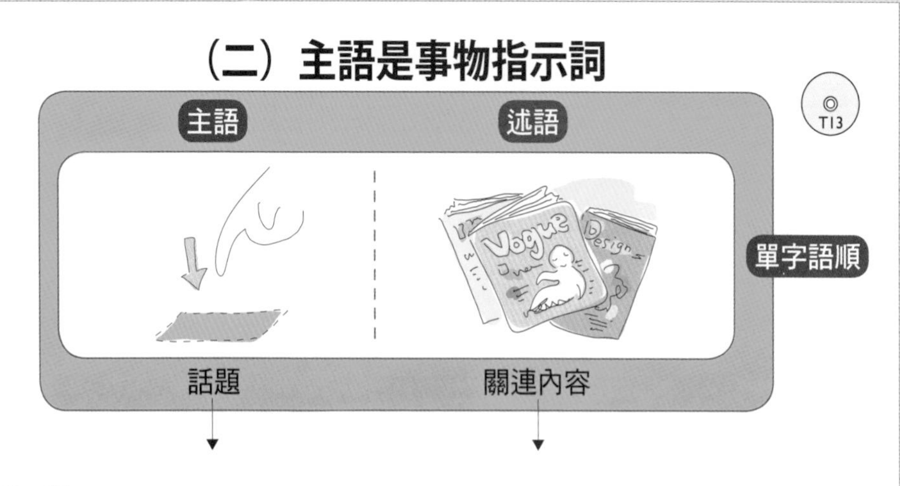

1　これは。　　這。（主語的助詞只有「は」）

2　これは　雑誌（ざっし）です。　　這是雜誌。

上面的例句也是「～は～です」的名詞句。因此，「這是雜誌。」的日文語順也是把「是」往後移就行啦！語順是，

これは+述語です。

「これ（この）、それ（その）、あれ（あの）、どれ（どの）」是一組指示代名詞。「これ」（這個）指離說話者近的事物。「それ」（那個）指離聽話者近的事物。「あれ」（那個）指說話者、聽話者範圍以外的事物。「どれ」（哪個）表示事物的不確定和疑問。用圖表示，如下：

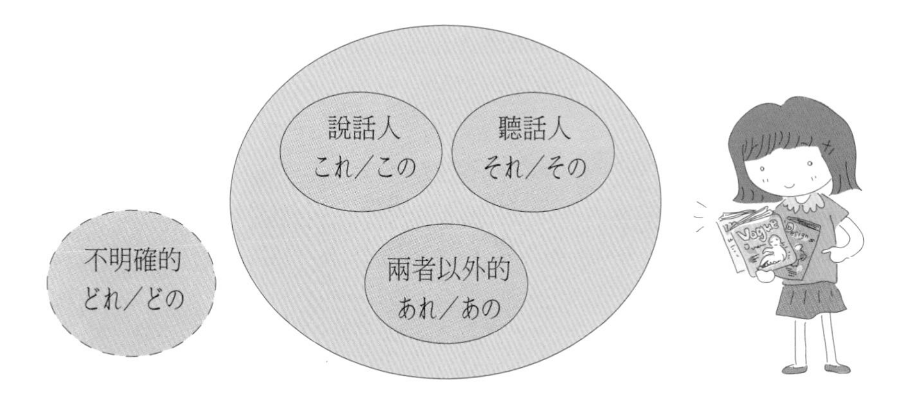

（三）主語是場所指示詞

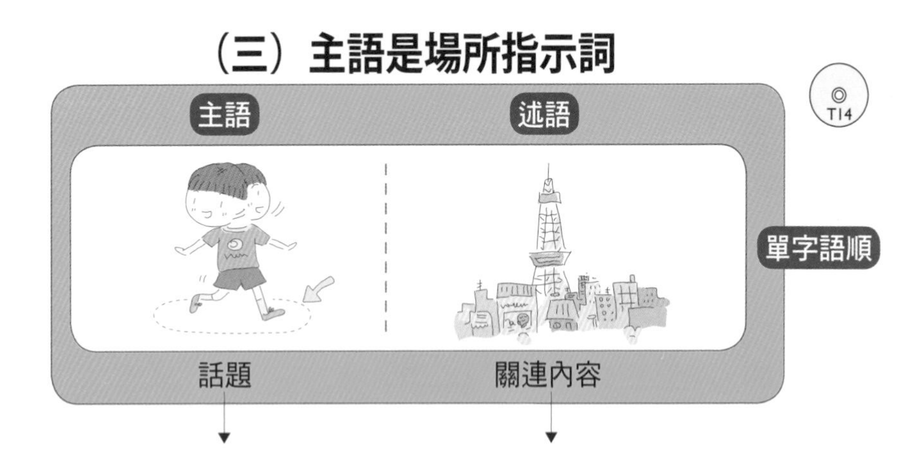

1 ここは。 這裡。（主語的助詞只有「は」）

2 ここは 東京(とうきょう)です。 這裡是東京。

這個例句也是「～は～です」的名詞句。所以，「這是東京。」的日文語順也是把「是」往後移就行啦！語順是，

これは+述語です。

「ここ、そこ、あそこ、どこ」是一組場所指示代名詞。「ここ」（這裡）指離說話者近的場所。「そこ」（那裡）指離聽話者近的場所。「あそこ」（那裡）指離說話者和聽話者都遠的場所。「どこ」（哪裡）表示場所的疑問和不確定。

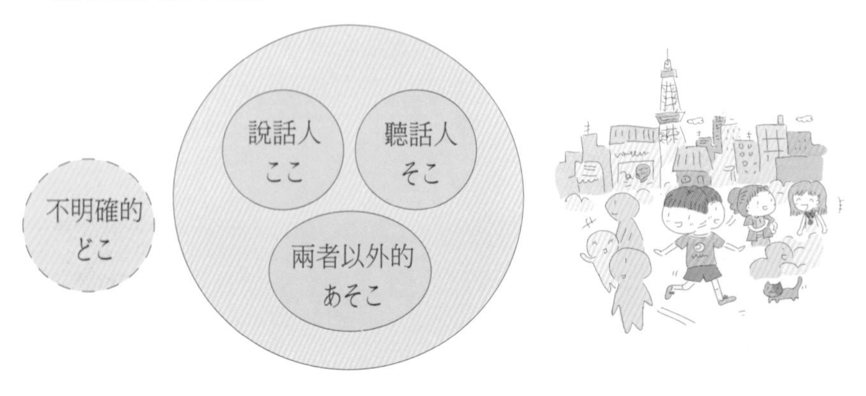

名詞

名詞活用變化如下：

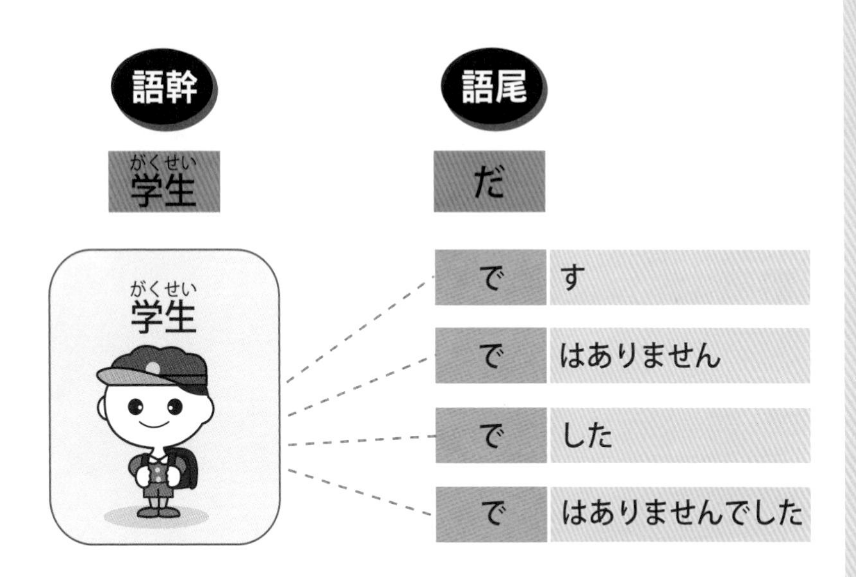

○ 名詞活用

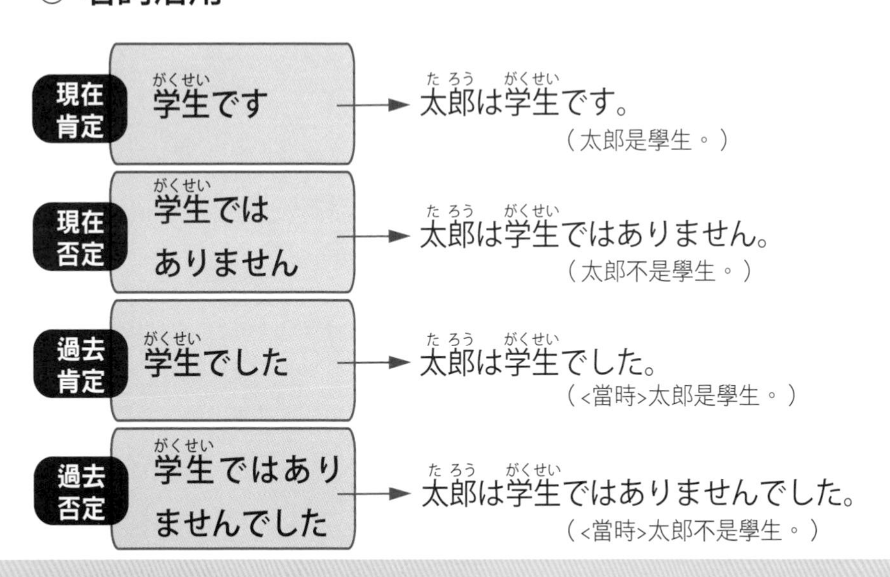

練習問題

1 照語順寫句子　依照下面的語順，改成一個完整的日文句子

1.這裡 → 百貨公司 → 是
デパート

2.這 → 蘋果 → 是
りんご

3.那 → 我的 → 筆記本 → 是。
私(わたし)の　ノート

2 排排看　請把盒子裡的字，排成正確的句子

1.
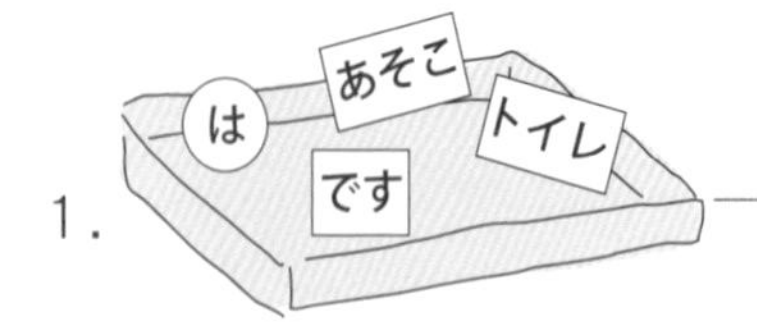

あそこ＝那裡；トイレ＝廁所

2.
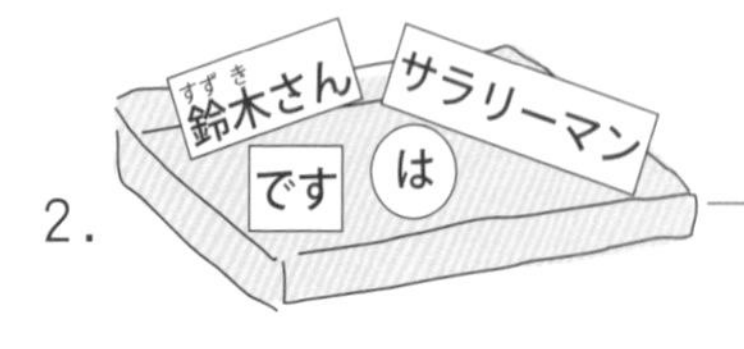

鈴木(すずき)さん＝鈴木先生／小姐；
サラリーマン＝上班族

3 翻譯練習　請把中文句子翻譯成為日文

1.爸爸是社長。　社長＝社長(しゃちょう)

2.這是錢包。　錢包＝財布(さいふ)

第一課　行為的對象

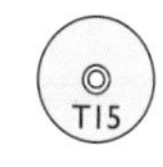

（一）行為的對象

到日本旅遊時，散步、喝茶、逛雜貨店，從細微的地方，處處可以發現到日本的美學喔！

用「____を」這一形式有補語的動詞，就叫他動詞。他動詞文的語順是「主詞＋補語＋述語」。補語一般是在述語的前面喔！

如：「彼女は紅茶を飲みます。」這一句，助詞「を」用在他動詞的前面，表示動作的對象。「を」前面的名詞，是動所涉及的對象。他動詞就是有一個「他」做了某動作，而使某物有了變化的動詞。

「她喝紅茶」這句話的日語語順，當然是將動作「喝」移到句尾。然後，助詞各自發揮輔助作用，主詞用「は」，補語用「を」表示。語順是，

主體は+對象を+動作（他動詞）。

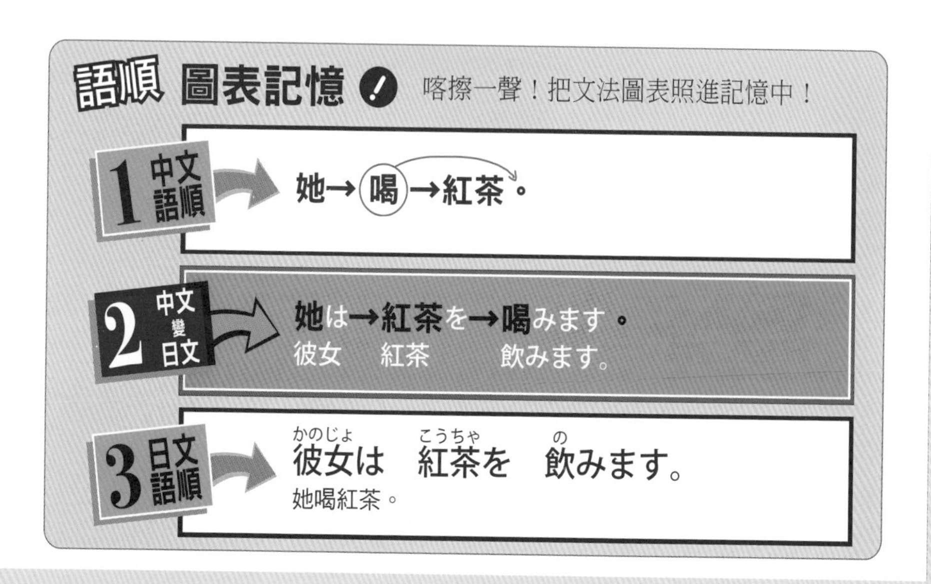

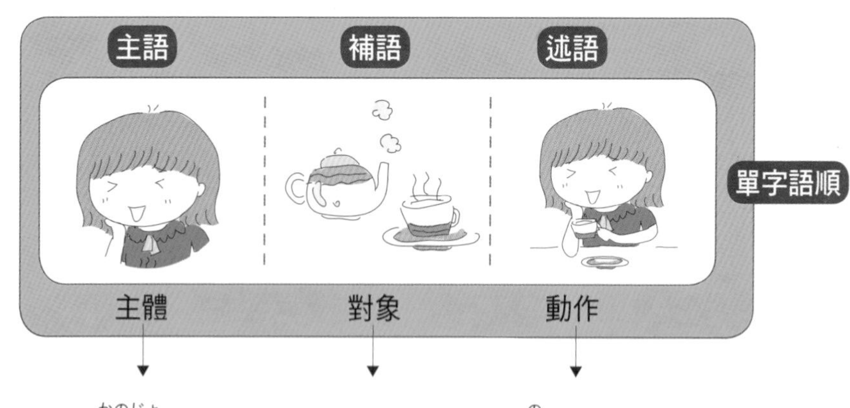

1 彼女(かのじょ)は　飲(の)みます。她喝。

2 彼女(かのじょ)は　紅茶(こうちゃ)を　飲(の)みます。她喝紅茶。

表示人或事物的存在、動作、行為和作用的詞叫動詞。動詞的「飲みます」是現在肯定的鄭重體，這一形式又叫「ます」形。

看漫畫比比看

例句（1）知道女孩在喝東西，但不知道喝什麼；例句（2）很清楚女孩喝的是「を」前面的「紅茶」。

（二）經過的場所

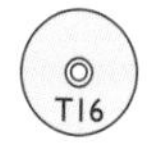

上一單元說過，用「____を」這一形式，有補語的動詞就叫做他動詞。但是，也有例外，例如：「橋を渡ります。」（過橋。）、「空を飛びます。」（飛過天空。）其中表示通過場所的「渡ります」，還有表示移動的「飛びます」就不是他動詞，而是自動詞。因為「橋」跟「空」不是動作的對象，而是動作經過的場所，要注意喔！

「車子過橋。」這句話的日語語順，您應該很清楚，就是把自動詞「過」往後移就行啦！語順是，

主體は+經過場所を+動作（自動詞）。

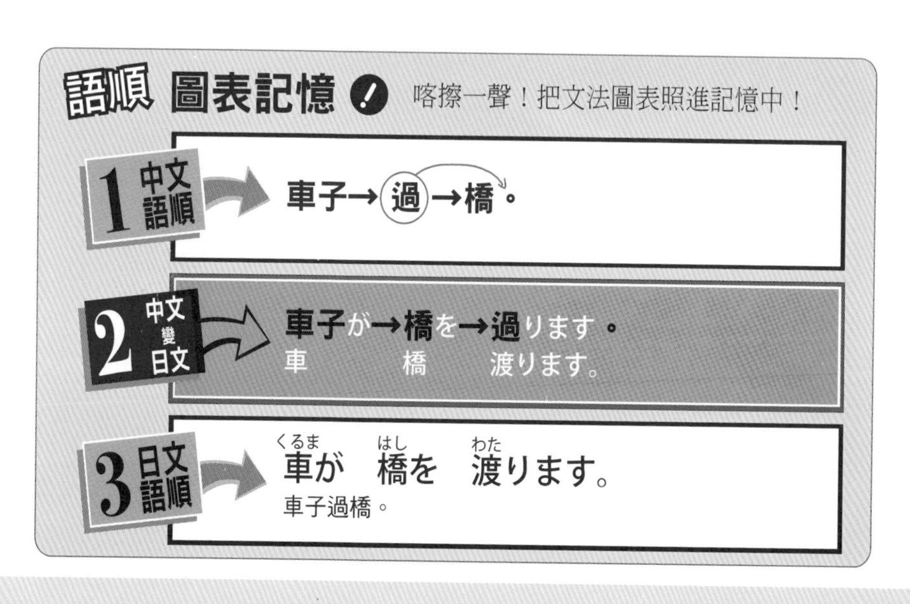

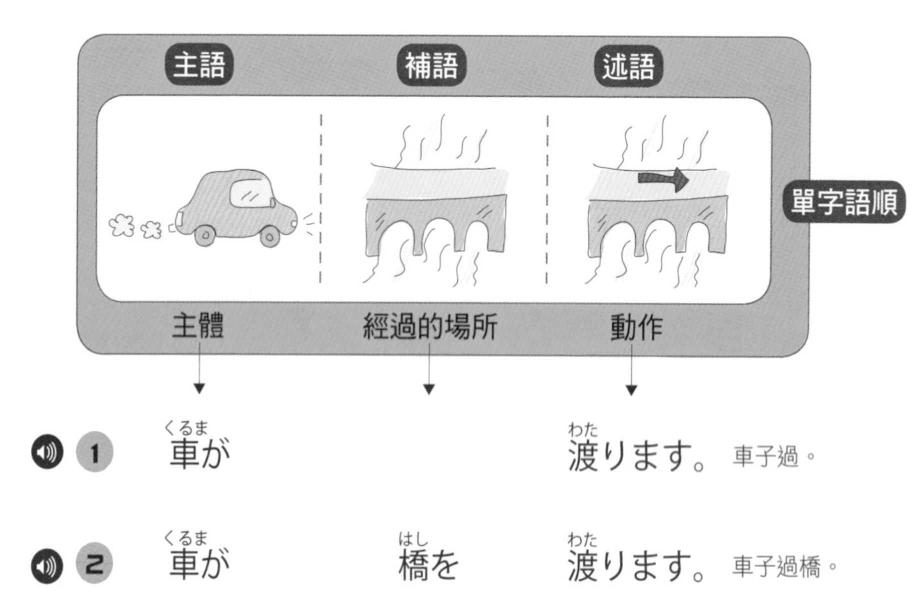

1 車(くるま)が　渡(わた)ります。 車子過。

2 車(くるま)が　橋(はし)を　渡(わた)ります。 車子過橋。

車子經過的地方是橋，所以用助詞「を」表示。這裡的「を」有經過的痕跡的意思。

看漫畫比比看

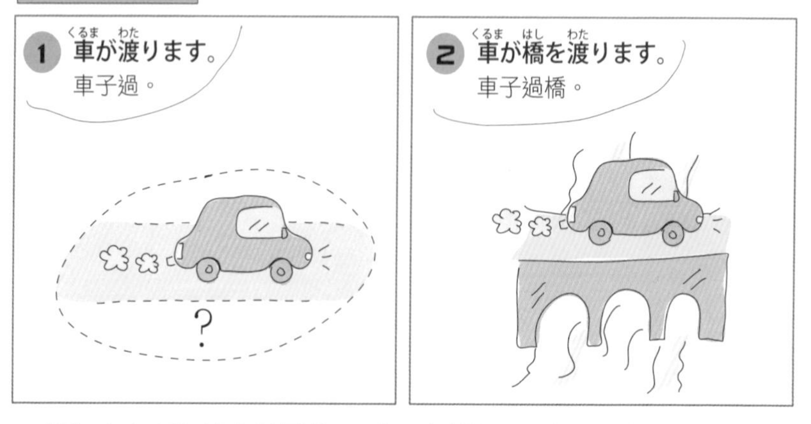

例句（1）只知道車子經過了，但不知道經過哪裡；例句（2）很明確的知道車子經過的是橋。

（三）主語的位子

上面的單元說過了，決定句子中誰是主語，誰是補語，就看助詞啦！那麼，助詞有多重要。

我們來看這個句子「太郎がボールを追いかけます。」（太郎追球。）如果把助詞「が」跟「を」互調一下，意思會怎麼變化呢？我們來看「太郎をボールが追いかけます。」（球追太郎。）意思是不是整個都反了？

「太郎追球。」這句話的日語語順就是把動詞「追」移到句尾，然後主語助詞用「が」，補語助詞用「を」就行啦！語順是，

主體が＋對象を＋動作。

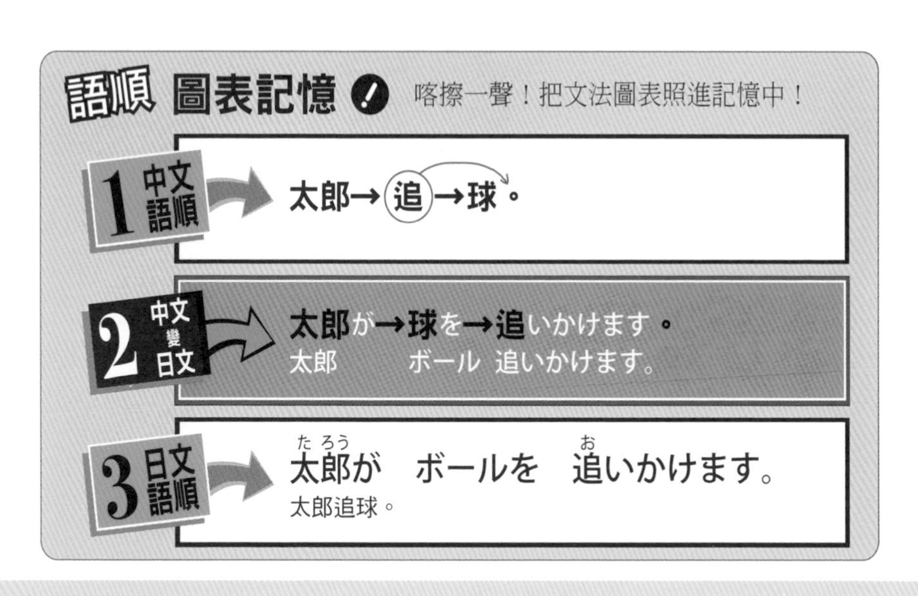

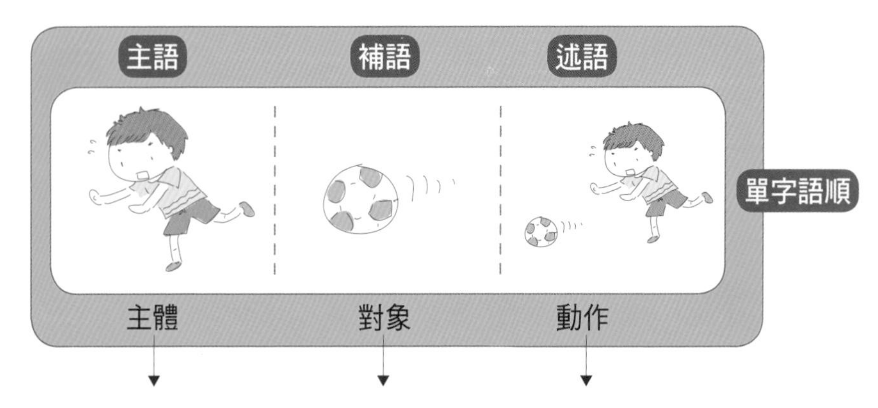

1 太郎が　ボールを　追いかけます。太郎追球。

2 太郎を　ボールが　追いかけます。球追太郎。

從這裡，我們又知道，助詞「が、を」除了輔佐前面的主人以外，也表示了「太郎」跟「ボール」之間的關係。「が」表示主語，追逐的一方，「を」表示補語，被追的一方。從助詞來判斷關係，這也是日語很方便的地方囉！

看漫畫比比看

例句（1）追逐的一方是助詞「が」前面的「太郎」，被追的是助詞「を」前面的「球」；相對地，例句（2）追逐的一方是助詞「が」前面的「球」，被追的是助詞「を」前面的「太郎」。

1 照語順寫句子 依照下面的語順，改成一個完整的日文句子

1. 公車 → 醫院 → 經過

   バス　病院(びょういん)　通(とお)ります

   ____

2. 叔叔 → 煙 → 抽

   タバコ　吸(す)います

   ____

3. 弟弟 → 臉 → 洗

   顔(かお)　洗(あら)います

   ____

2 排排看 請把盒子裡的字，排成正確的句子

1. 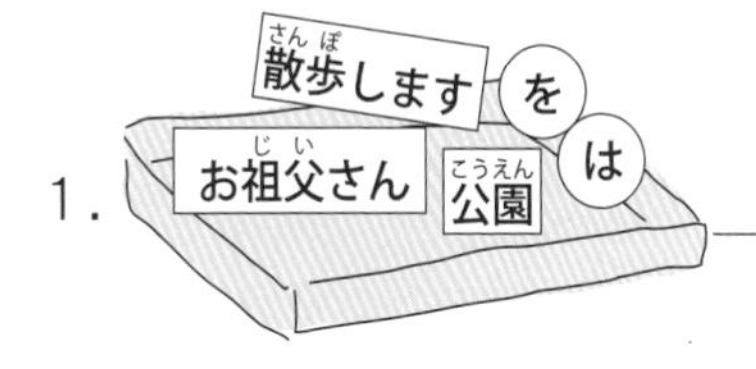

   ____

   散歩(さんぽ)します＝散步；公園(こうえん)＝公園

2. 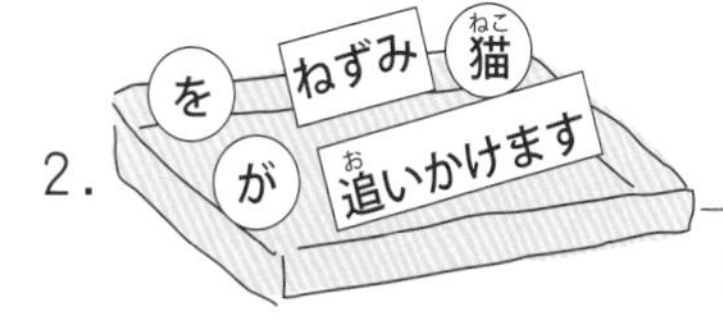

   ____

   ねずみ＝老鼠；追(お)いかけます＝追；猫(ねこ)＝貓

第二課 行為的對手、目標

（一）一個補語

T18

日本人結婚儀式有教會式、佛教式、神社式、還有神前式等等，日本人對異文化接受度之高，可見一斑了。其中，神社式的婚禮上男女雙方需經過339次交杯酒，來盟誓相愛一生，白頭偕老呢！

跟花子結婚，日文是「花子と結婚します」，述語動詞「結婚します」，前面要接的是補語（結婚的對象）「花子」，補語助詞要用「と」。

所以「太郎跟花子結婚。」的日語語順是將介詞「跟」移到「花子」的後面。

中文的介詞「跟」，在這裡相當於日語助詞「と」，而這句有補語的動詞句，助詞是「と」。助詞要接在補語後面，所以「跟」當然要在「花子」的後面啦！語順是，

主體は+對手と+動作。

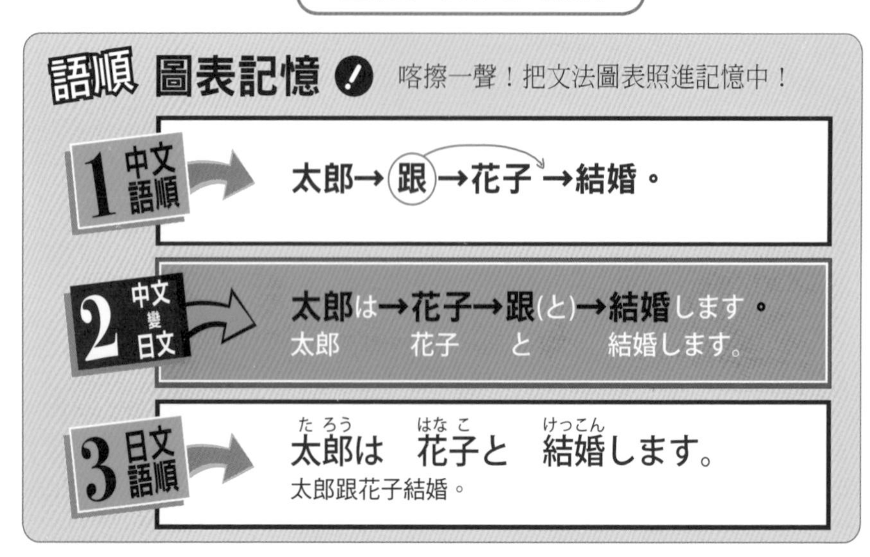

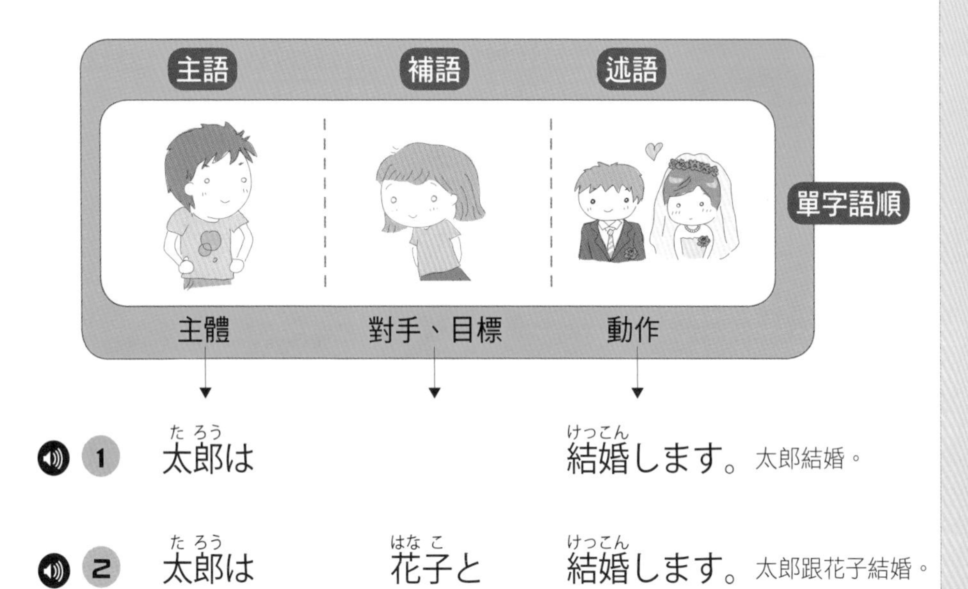

「と」（跟）前面接對象，表示跟這個對象互相進行某動作，例如：結婚、吵架或偶然在哪裡碰面等，必須有對象才能進行的動作。

看漫畫比比看

例句（1）只提到太郎要結婚了，卻沒有提到要和誰結婚；例句（2）看前面是花子，就清楚知道太郎的結婚對象是花子啦！

（二）兩個補語

結婚戒指，是一個很特別的珠寶，因為它代表的是一生的回憶，一旦戴上了就要負起對彼此的信任跟誓言喔！

有些動詞述語只有一個補語，有些就有兩個補語。例如「我送了某物給某人」，「某人」是間接補語，在前面；「某物」是直接補語，就要在後面。

因此，「我送了戒指給她」的日語語順是將動詞「送了」先移到句尾，表示物的直接補語「戒指」移到動詞前，表示人的「她」要在「戒指」之前，介詞「給」要接在「她」的後面。語順是，

主體は+間接對象（人）に+直接對象（物）を+動作。

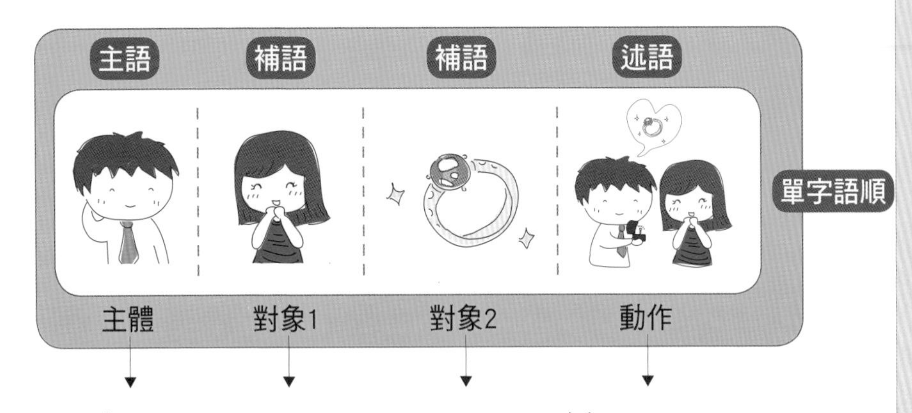

1 僕（ぼく）は　　　　贈（おく）りました。 我送了。

2 僕（ぼく）は　　　　指輪（ゆびわ）を　贈（おく）りました。 我送了戒指。

3 僕（ぼく）は　彼女（かのじょ）に　指輪（ゆびわ）を　贈（おく）りました。 我送了戒指給她。

我們來比較一下，助詞「に」（給）是指單一方給另一方的動作；助詞「と」（跟）是指結婚啦！吵架啦！一個人沒辦法做的雙方相互的動作。

看漫畫比比看

例句（1）只提到「我送了」，但不知道送什麼禮物；例句（2）加入一個補語，直接對象的「指輪」，知道動詞述語「送」的對象是「指輪」，就知道男性送出的是戒指；例句（3）再加入第二個補語，間接對象的「她」，更清楚知道「送戒指」這個動作，是要給「她」的。

1 照語順寫句子　依照下面的語順，改成一個完整的日文句子

1.他 → **教授** → 跟 → **見面**

教授（きょうじゅ）　会（あ）います

____

2.**我們** → 他 → 給 → **禮物** → **送** → 了

私（わたし）たち　プレゼント　あげます

____

3.我 → 她 → 給 → **電子郵件** → **寄** → 了

メール　送（おく）ります

____

2 排排看　請把盒子裡的字，排成正確的句子

1. 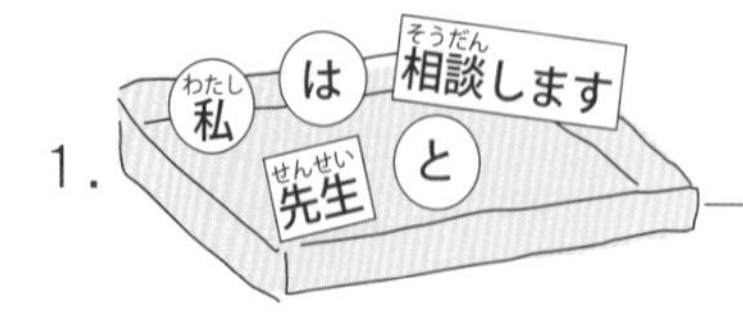

____

先生（せんせい）＝老師；相談（そうだん）します＝商量

2. 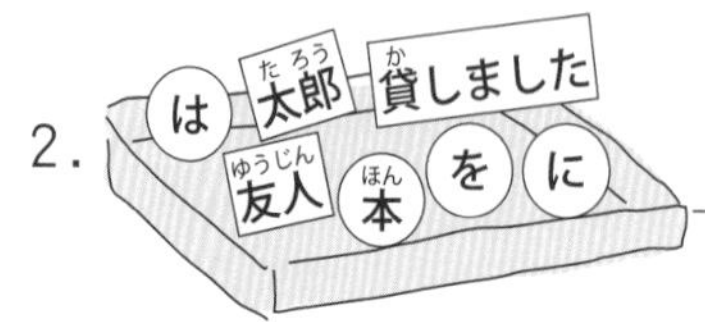

____

友人（ゆうじん）＝朋友；本（ほん）＝書；
貸（か）しました＝借（給）了

第三課　行為的場所、方向及目的

（一）場所及方向

行為的目標之外，還有一個很重要的是，行為所在的場所。行為所在的場所，位置要在述語的前面。

但是，說是行為所在的場所，但兩者到底是什麼關係，行為到達的場所呢？出發點呢？還是方向？也就是需要有「在、往」這樣的記號，表示行為的補語助詞了。這一單元先介紹「に」（到）、「へ」（往）這兩個助詞。

「我到公園。」語順是，把動詞述語的「到」移到句尾，然後補語的到達場所「公園」以助詞「に」來表示。語順是，

主體は+場所に+動作。

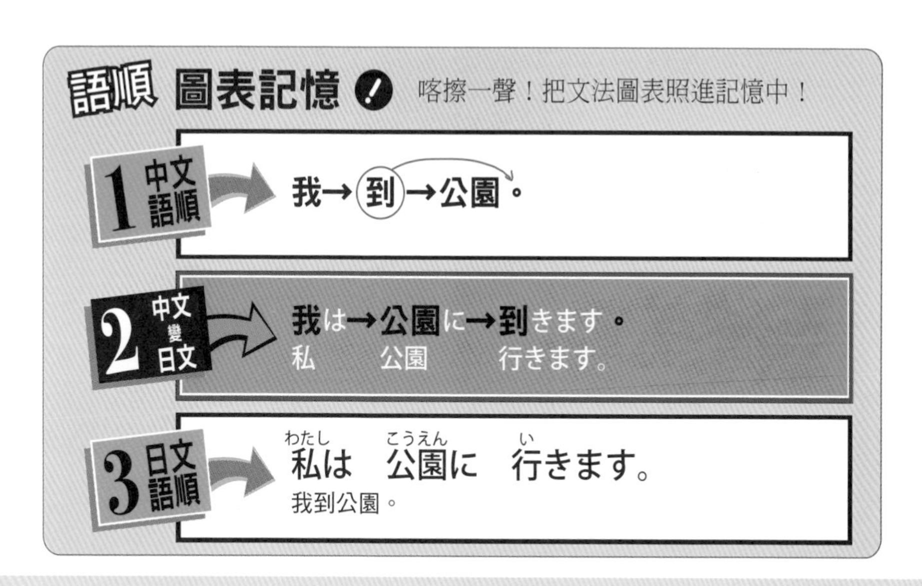

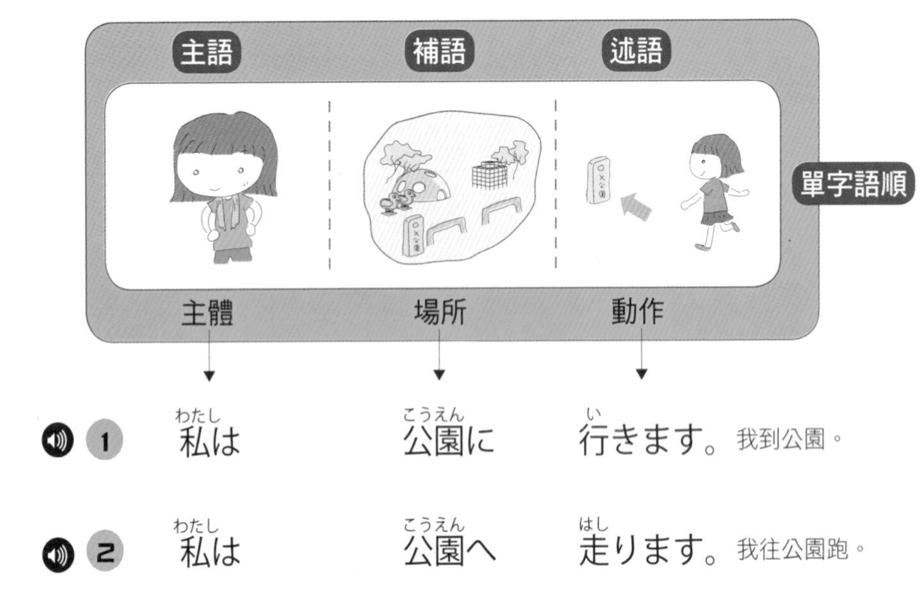

1 私(わたし)は　公園(こうえん)に　行(い)きます。我到公園。

2 私(わたし)は　公園(こうえん)へ　走(はし)ります。我往公園跑。

「に」（到）表示動作移動的到達點；「へ」（往）表示動作、行為的方向。同時也指行為的目的地。

「に」強調到達的場所，「へ」強調動作的方向。但現在兩者的差別越來越不明確了。

看漫畫比比看

例句（1）補語助詞用「に」，強調動作到達的場所是「公園」。（2）補語助詞用「へ」強調動作的方向是往「公園」。

（二）目的

自助旅行到京都玩，有時候坐錯車，反而會讓人更加興奮，因為可以欣賞到旅遊書，沒有介紹的地方，那種地方常常會有讓人意想不到的好玩。

要說「我去京都玩。」像這樣一個句子裡，同時要表現動作的方向（京都）跟目的（玩），就用「…は…へ…に」這樣的句型。語順是「主體は＋方向へ＋目的に＋動作」。

方向跟目的都是動作的補語，所以這個句子也是有兩個補語的句子。

「我去京都玩。」日語語順是，把動詞「去」往句尾移，至於方向的「京都」跟目的的「玩」位置都不變。簡單吧！

主體は+方向へ+目的に+動作。

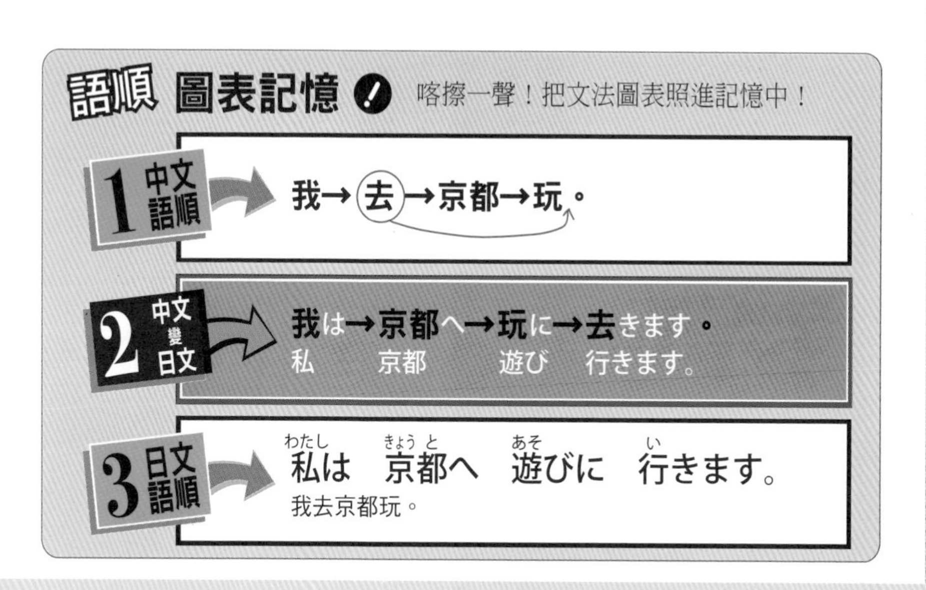

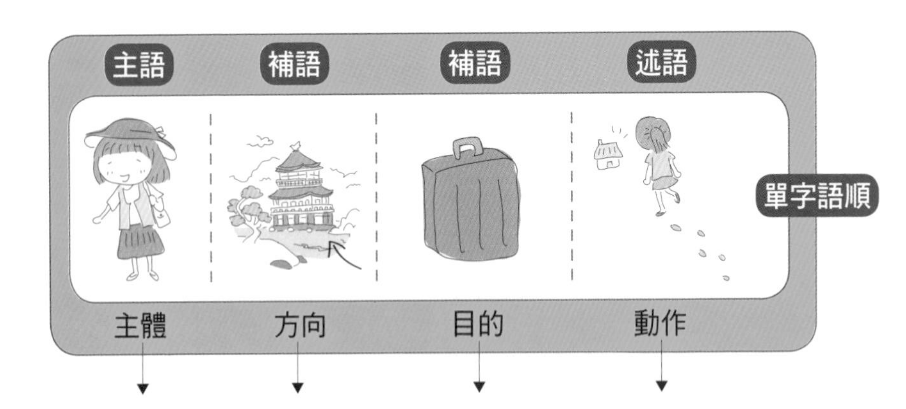

1 私（わたし）は 行（い）きます。我去。

2 私（わたし）は 遊（あそ）びに 行（い）きます。我去玩。

3 私（わたし）は 京都（きょうと）へ 遊（あそ）びに 行（い）きます。我去京都玩。

補語助詞「へ」表示移動的場所用，補語助詞「に」表示移動的目的。「に」的前面要用動詞「ます」形，也就是把「ます」拿掉。例如「遊びます」，就變成「遊び」。

看漫畫比比看

例句（1）不知道到哪裡玩；例句（2）看表示移動的場所「へ」的前面，清楚地知道，是到京都玩。

1 照語順寫句子 依照下面的語順，改成一個完整的日文句子

1. 我 → 學校 → 到
 学校（がっこう）

2. 弟弟 → 海邊 → 游泳 → 去
 海（うみ）　泳ぎます（およ）

3. 山下先生 → 蔬果店 → 買東西 → 去
 山下さん（やました）　八百屋（やおや）　買い物（かいもの）

2 排排看 請把盒子裡的字，排成正確的句子

1.
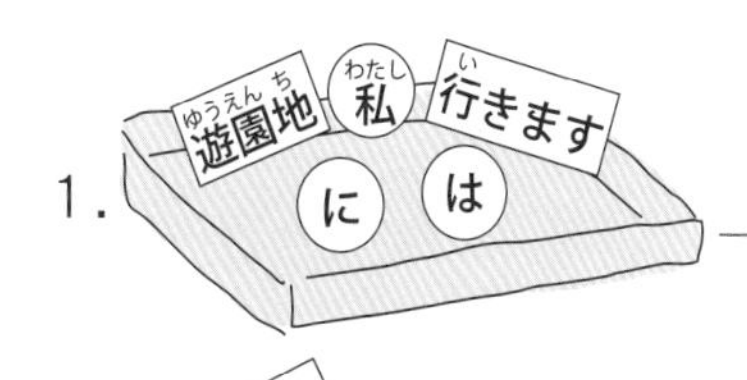

遊園地（ゆうえんち）＝遊樂園

2.
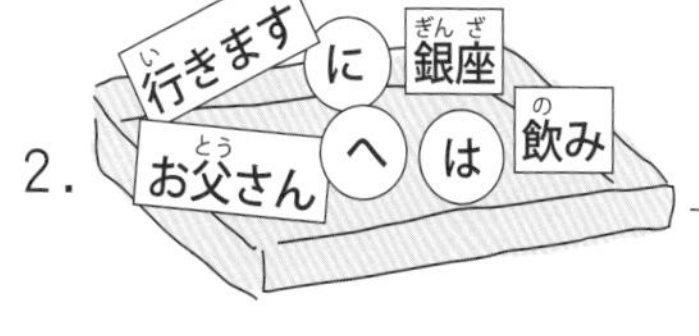

銀座（ぎんざ）＝銀座；飲み（の）＝由「飲む（の）」的ます形拿掉「ます」變化而來，這裡指喝酒

第四課 人與物的存在

（一）無生命的存在

T22

到日本玩常要問到「廁所在哪裡」的問題！說到廁所，就想到馬桶，日本使用那種上完廁所，就會噴出溫水的免治馬桶，可是越來越多了！免治馬桶不僅乾淨，還有那種「窩心」的感覺，很多人一用就上癮，還超念念不忘的。

好了！回到主題啦！日語中某物存在某處的句子，叫做存在句。語順也是基本句的「主語＋補語＋述語」。表示存在的述語動詞用「ある（あります）」（有、在），動詞的補語，也就是存在物用助詞「が」，存在處用助詞「に」來表示。

因此，「這裡有廁所。」日語語順只要把存在動詞「有」移到句尾，句子就出來啦！存在句的語順是：

存在處に+物が+存在動詞(無生命)。

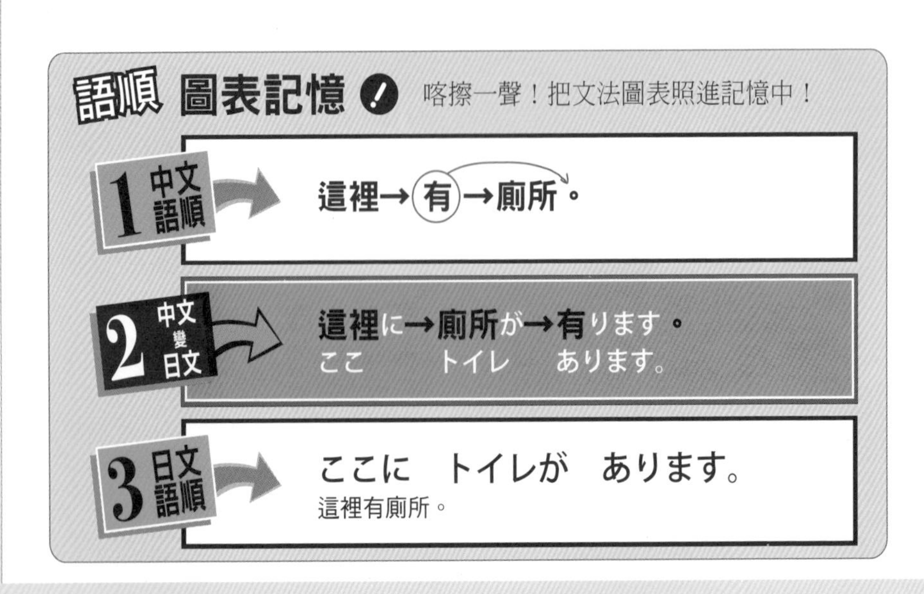

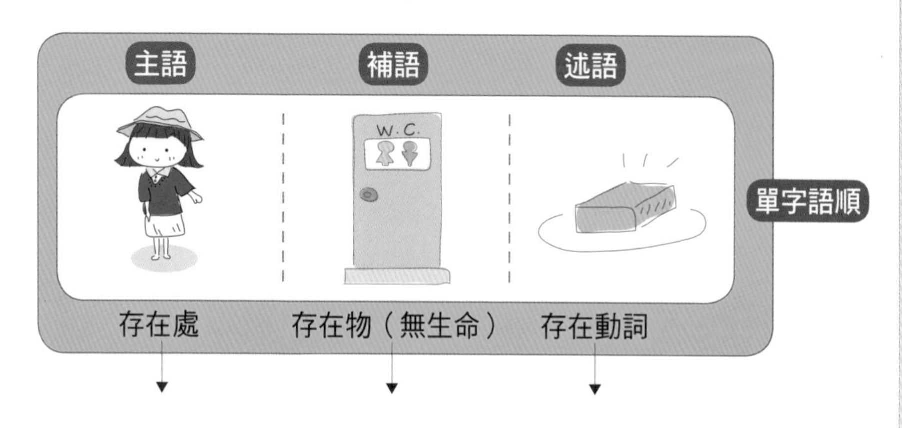

1 ここに　ありります。這裡有。

2 ここに　トイレが　あります。這裡有廁所。

表示某處存在某物，除了用「場所に＋物が＋あります」之外，還有「物は＋場所に＋あります」這樣的句型。

看漫畫比比看

例句（1）只提到「這裡有」，但不知道有什麼；例句（2）明確地在存在動詞前面，加入存在物「廁所」，知道這裡有的是廁所了。

（二）有生命的存在

日本不僅文字是由中國傳入，聞名世界的園林藝術也是從中國傳入的。受到禪宗文化和北宋畫的影響，使得日本的庭院不僅比中國更好地保存著小家碧玉的園林文化，更顯示出高度的藝術性。

「他在那裡」、「庭院裡有蛇」等等，表示「某人或動物存在某處」要怎麼說呢？

上一單元提到的存在句是「某物存在某處」，至於「某人存在某處」呢？凡事總愛分得清清楚楚的日本人，把存在動詞，分成無生命物的「あります（ある）」（有、在），跟有生命物的「います（いる）」（有、在）來表示。

因此「某人存在某處」的存在句，只要把動詞改成「います」，當然存在物一定是有生命物啦！這也是用助詞「が」，存在處也是用助詞「に」來表示。

要說「他在那裡。」日語語順只要把存在處「那裡」移到句首，就是啦！語順是：

存在處に+人が+存在動詞（有生命）。

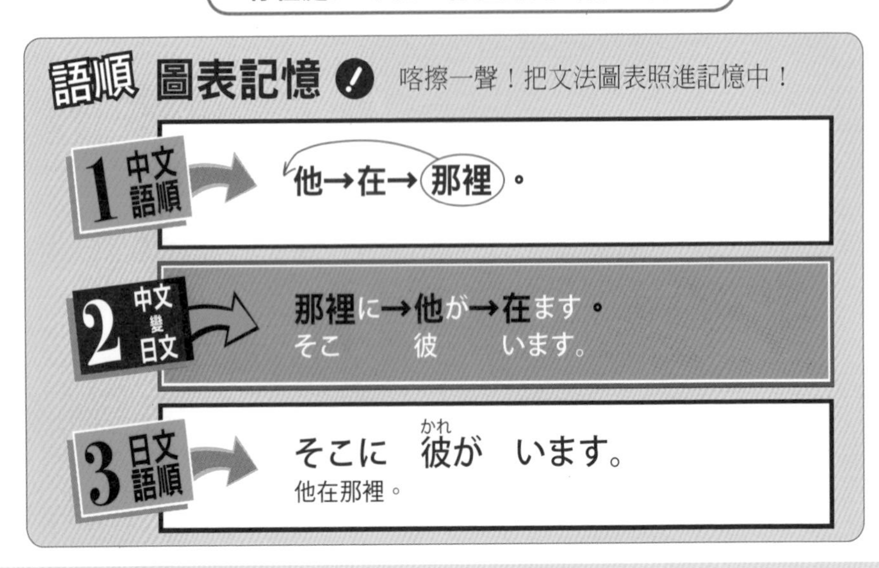

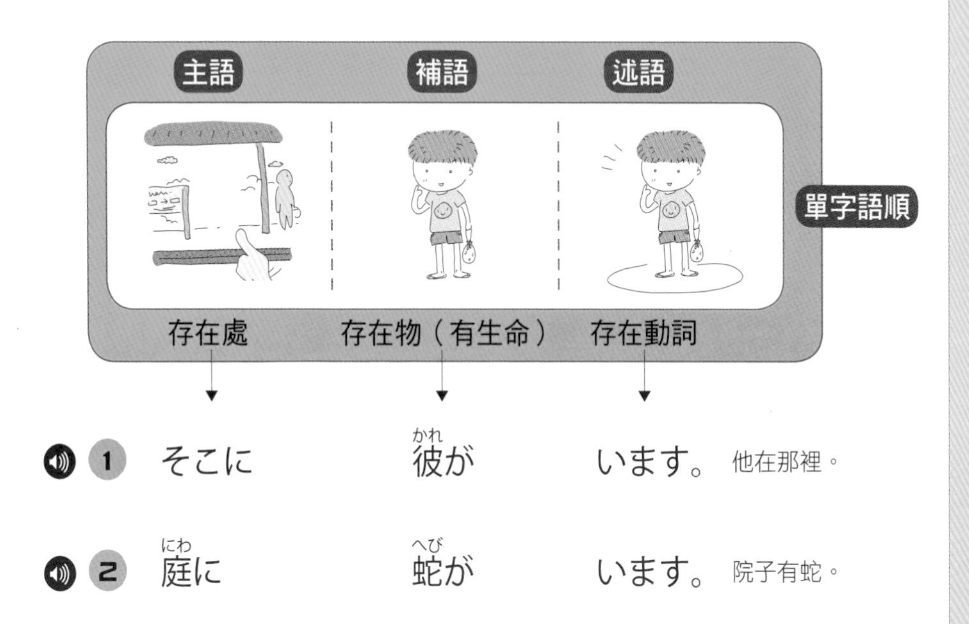

1 そこに　彼（かれ）が　います。　他在那裡。

2 庭（にわ）に　蛇（へび）が　います。　院子有蛇。

表示某處存在某人，有生命事物的存在場所，除了用「場所に＋人が＋います」之外，還有「人は＋場所に＋います」這樣的句型。

看漫畫比比看

例句（1）存在的是有生命物的「人」，存在動詞當然是「います」；例句（2）存在的是「蛇」，既然是有生命物，所以貓、狗、蛇、蟲…等也都要用「います」囉！

（三）所有

最近，1萬日圓以下的普通照相機，幾乎沒有辦法在東京秋葉原找到Made In Japan的。可見，日本人購物的優先指標是便宜，品質又還不錯，而不一定要日本製的了。

無生命物的存在動詞「あります（ある）」（有、在），不只是「存在」的意思，也有「所有」之意。句型是：「人は＋物が＋あります」。首先，「は」前面的主語不是場所名詞，而是所有者。「が」前面是補語的所有物，述語「あります」表示所有。

因此，「我有照相機」的日語語順，很單純！就是將動詞「有」往句尾移就行啦！語順是：

所有人は+所有物が+所有動詞。

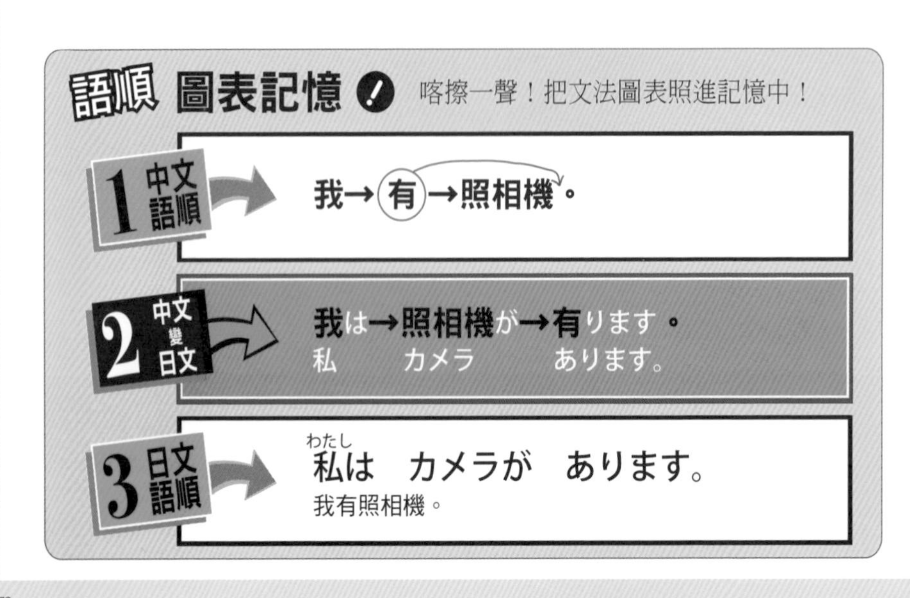

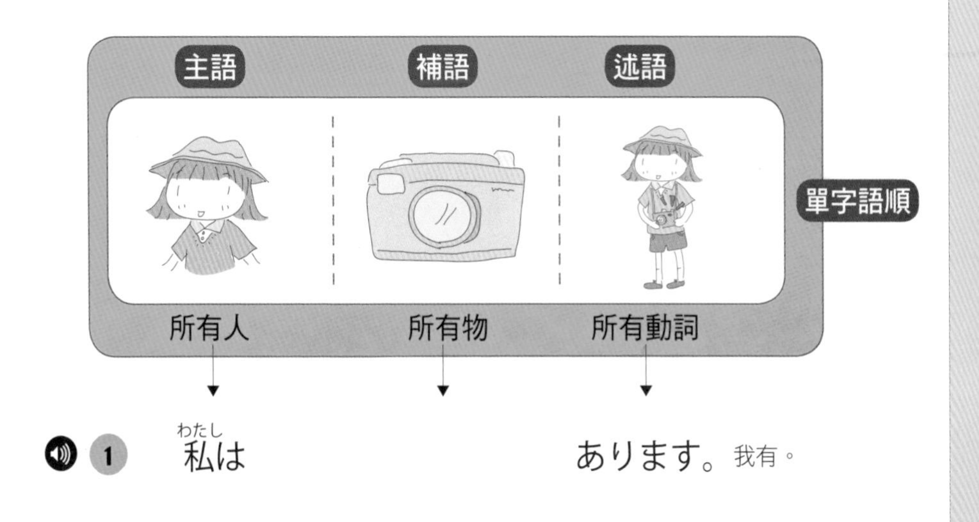

1 私（わたし）は　あります。我有。

2 私（わたし）は　カメラが　あります。我有照相機。

看到「あります」就想到「います（いる）」。表示所有的是有生命物時，也可以用「います（いる）」。例如：「花子は弟がいます。」（花子有弟弟。）

看漫畫比比看

例句（1）用所有動詞「あります」，表示「我擁有」之意，但不知道擁有什麼；例句（2）句中加入了所有物「カメラ」，並用助詞「が」表示，知道擁有的是「照相機」。

練習問題

1 照語順寫句子　依照下面的語順，改成一個完整的日文句子

1. 教室 → 學生 → 有

教室（きょうしつ）　生徒（せいと）

2. 男孩子 → 手機 → 有

男の子（おとこのこ）　ケータイ

2 排排看　請把盒子裡的字，排成正確的句子

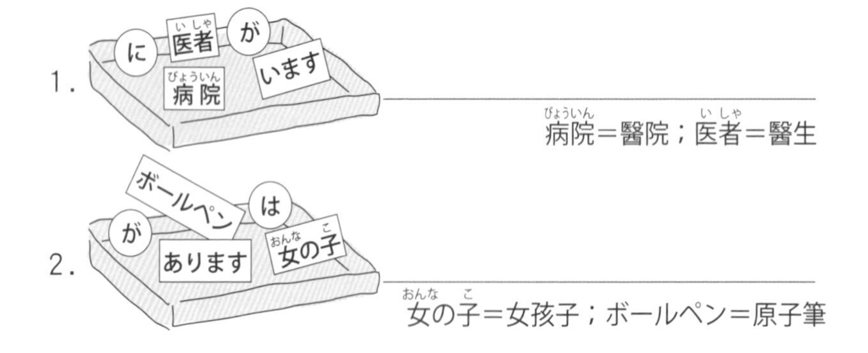

1.

病院（びょういん）＝醫院；医者（いしゃ）＝醫生

2.

女の子（おんなのこ）＝女孩子；ボールペン＝原子筆

3 翻譯練習　請把中文句子翻譯成為日文

1. 那裡有冰箱。　　冰箱＝冷蔵庫（れいぞうこ）

2. 家裡有狗。　　狗＝犬（いぬ）

第五課 行為的出發點、方向、到達點

要從家裡出門啦！往山上去啦！到了山上啦！也就是行為跟場所之間的關係，需要有介詞「從、往、到」在中間穿針引線的。這些介詞相當於日語的助詞「を、から、へ、に」。

「を、から」（從）、「へ」（往）「に」（到）等助詞要放在場所的後面，來表示句中的補語，以補充說明後面的行為（述語）。

要說「太郎從家裡出來。」日語語順是，將相當於助詞的「從」移到「家裡」的後面就行了。

主體は+出發點を等+動作。

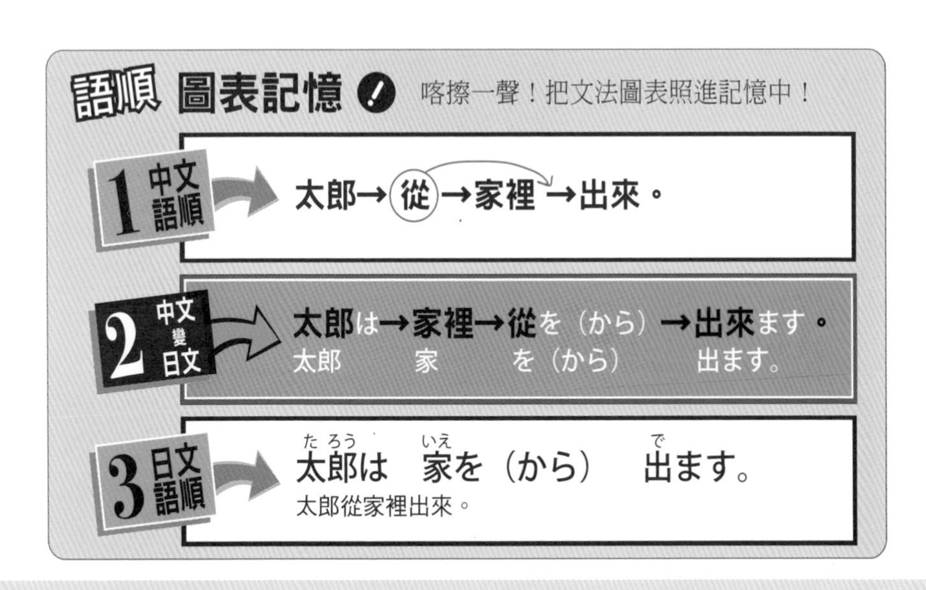

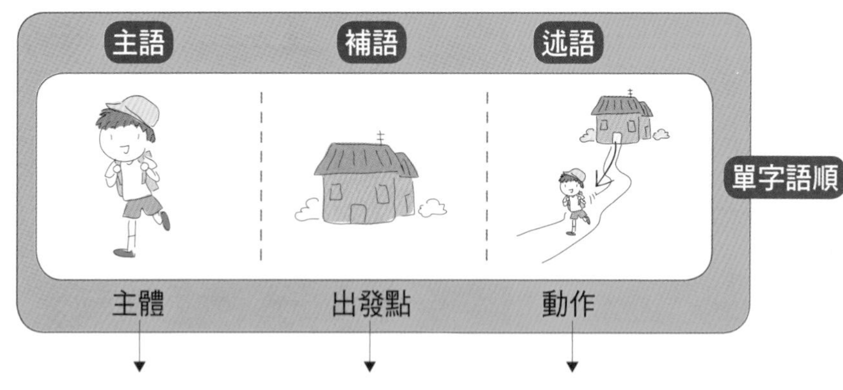

1 太郎(たろう)は　家(いえ)を（から）　出(で)ます。太郎從家裡出來。

2 太郎(たろう)は　山(やま)へ　行(い)きます。太郎往山上去。

3 太郎(たろう)は　山(やま)に　着(つ)きます。太郎到達山上。

看漫畫比比看

例句（1）的「を（から）」重點在「離開」；例句（2）的「へ」重點在「動作的方向」；例句（3）「に」重點在「動作的目的地」。

助詞的圖像

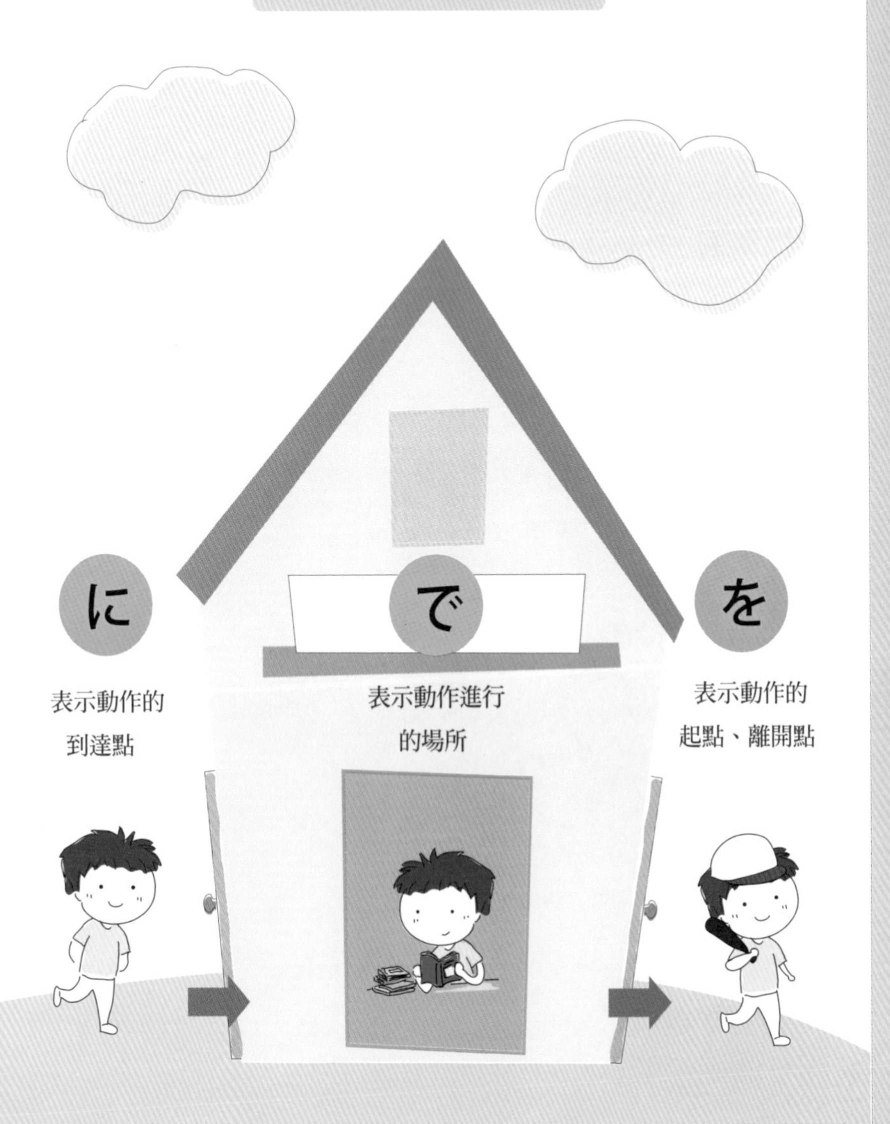

家（いえ）に入（はい）ります。
（進入家裡。）

家（いえ）で勉強（べんきょう）します。
（在家裡唸書。）

家（いえ）を出（で）ます。
（走出房子。）

1 照語順寫句子　依照下面的語順，改成一個完整的日文句子

1. 男人 → 沙發 → 到 → 坐

男の人(おとこのひと)　ソファー　座(すわ)ります

____

2. 哥哥 → 隧道 → 從 → 出來

トンネル　出(で)ます

____

2 排排看　請把盒子裡的字，排成正確的句子

1. 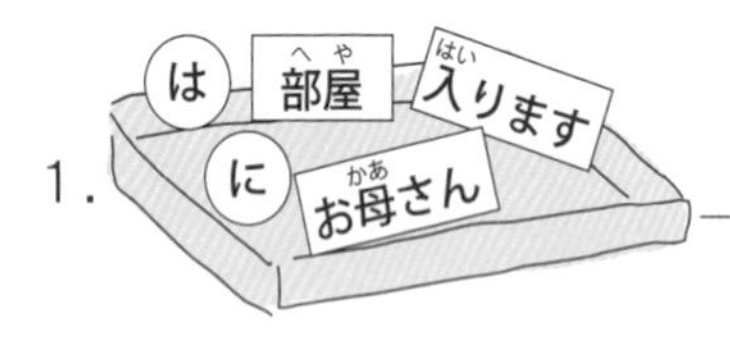

____

部屋(へや)＝房間；入(はい)ります＝進去

2. 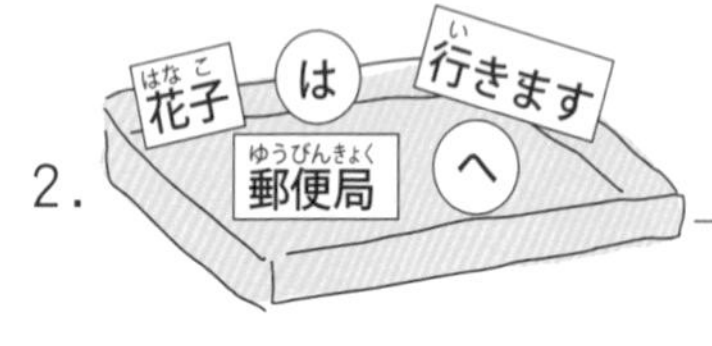

____

郵便局(ゆうびんきょく)＝郵局

3 翻譯練習　請把中文句子翻譯成為日文

1. 我下公車。　公車＝バス；從～下來＝降(お)ります

____

2. 我到國外去。　國外＝海外(かいがい)

____

第六課　結果

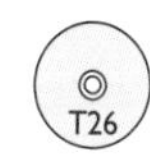

易經上說：「窮則變、變則通」。只要看清局勢、掌握趨勢與創新，你就是「變則通、通則久」的成功者喔！

日語中，變化動詞（述語）中最基本的是「なります（なる）」（變成）。有變化就會有結果，變成怎麼樣了呢？我們先看變化句型：「變化者は結果になります」。

變化動詞前面，就是變化的結果了，這個結果就是句中的補語。

所以，要說「姊姊變漂亮了。」日語語順是把變化動詞的「變」移到「了」之前，就可以啦！

主體は+結果に（く）+變化動詞（なります）。

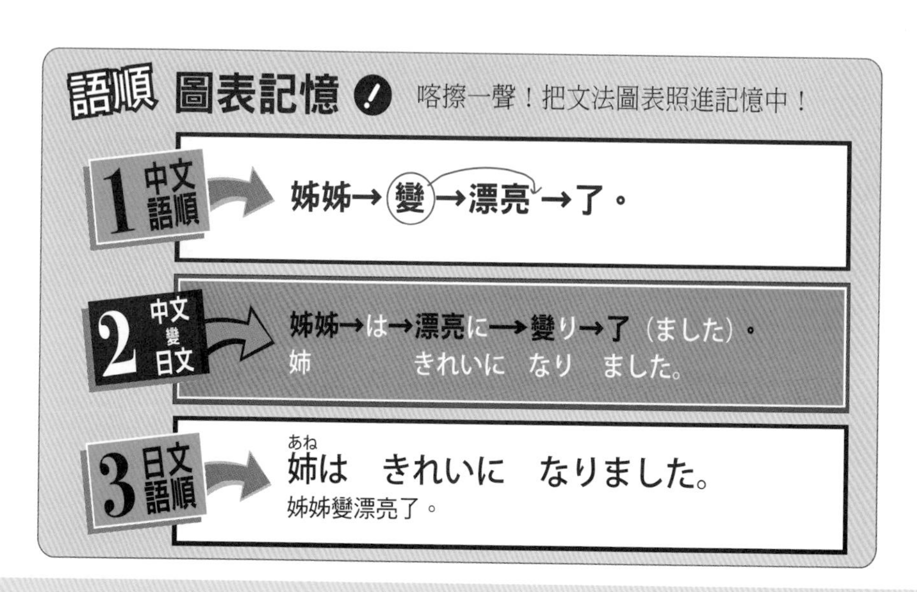

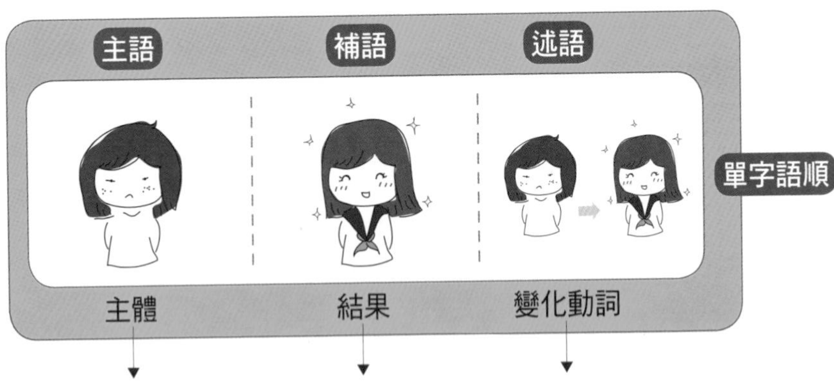

1 姉(あね)の歯(は)は　白(しろ)く　なりました。姉姉牙齒變白了。

2 姉(あね)は　きれいに　なりました。姉姉變漂亮了。

3 姉(あね)は　先生(せんせい)に　なりました。姉姉當了老師。

形容詞後面接「なります」，要把詞尾的「い」變成「く」。形容動詞後面接「なります」，要把詞語尾的「だ」變成「に」。名詞後面接「なります」，要在名詞後面接「に」。

看漫畫比比看

1 姉(あね)の歯(は)は白(しろ)くなりました。
姉姉牙齒變白了。

2 姉(あね)はきれいになりました。
姉姉變漂亮了。

3 姉(あね)は先生(せんせい)になりました。
姉姉當了老師。

1 照語順寫句子　依照下面的語順，改成一個完整的日文句子

1. 頭髮 → 長 → 變 → 了

頭髮：髪（かみ）　長：長い（ながい）

2. 弟弟 → 帥 → 變 → 了

帥：ハンサム

2 排排看　請把盒子裡的字，排成正確的句子

1.

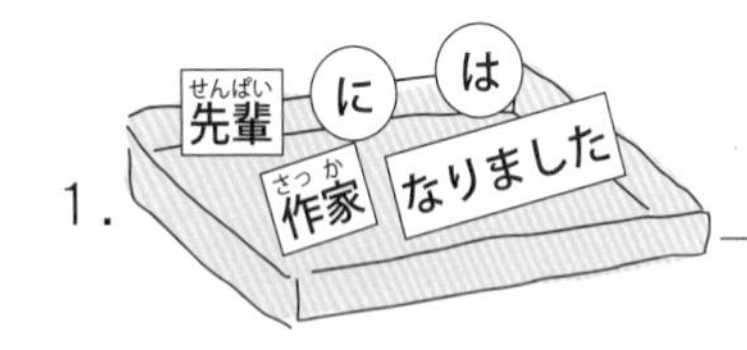

先輩（せんぱい）＝前輩；作家（さっか）＝作家

2.

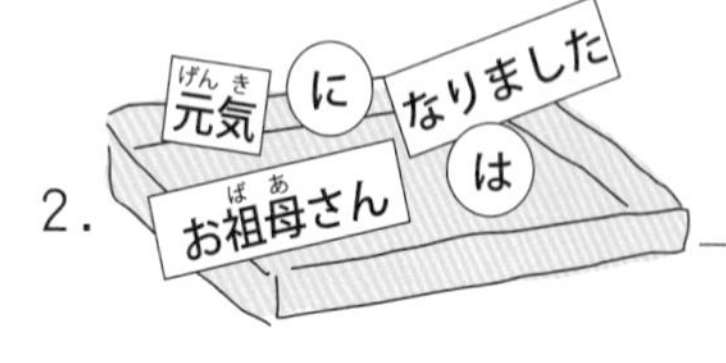

元気（げんき）＝健康

3 翻譯練習　請把中文句子翻譯成為日文

1. 孩子的衣服變髒了。

衣服＝服（ふく）；髒＝汚い（きたない）

2. 妹妹當了音樂家。

音樂家＝音楽家（おんがくか）

第七課 行為的原料、材料

（一）原料

在日本光是鹽就有一般鹽、海鹽、湖鹽、胡椒鹽、昆布鹽等。「塩味」料理跟「油味」可是日本料理的兩大勢力呢！您一定納悶，只有鹽調味有什麼好吃的？但日本人就是能讓它好吃！

鹽巴是怎麼來的呢？這時候要把原料放在動詞述語之前，當作動詞的補語，而原料後面要用助詞來表示。

製作什麼東西時，使用的原料，助詞用「から」（從…）；使用的材料，助詞用「で」（用…）。

「鹽巴是從海水製成的。」日語語順是，將相當於助詞的「從」移到原料之後，就可以了。語順是，

主體は+原料から+動作。

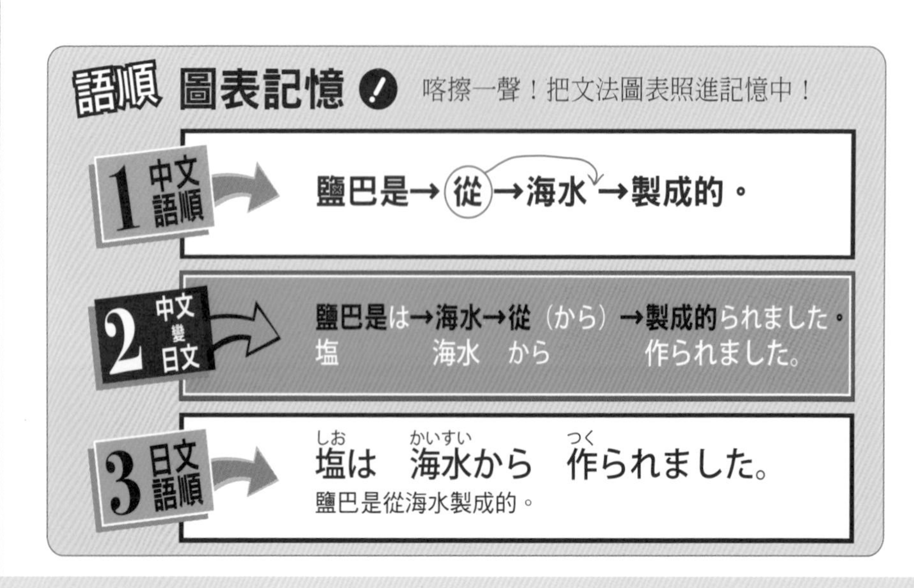

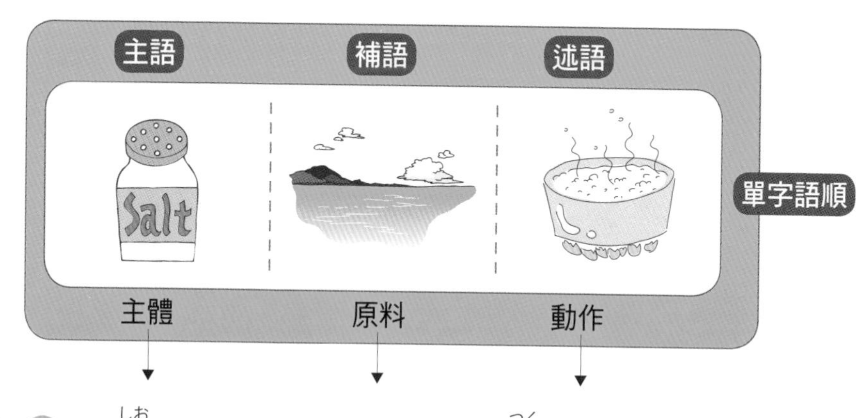

1 塩(しお)は　作(つく)られました。 鹽巴製作的。

2 塩(しお)は　海水(かいすい)から　作(つく)られました。 鹽巴是從海水製作的。

（二）材料

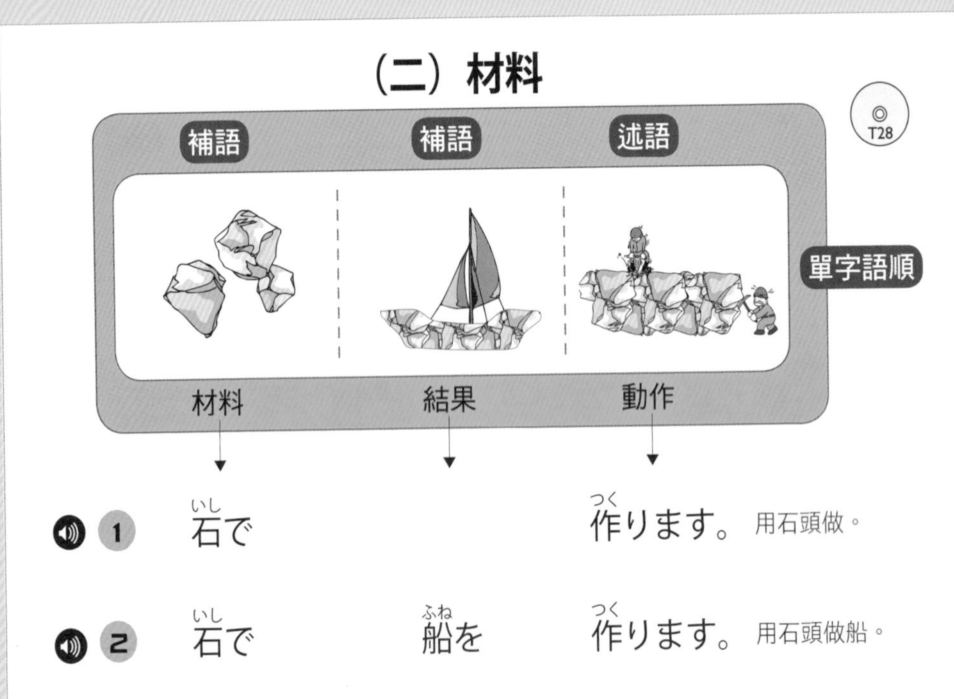

1 石（いし）で　作（つく）ります。用石頭做。

2 石（いし）で　船（ふね）を　作（つく）ります。用石頭做船。

「で」要放在材料的後面，來表示句中的補語。這句話沒有主語。

看漫畫比比看

例句（1）的「から」表示原料。原料和成品之間有起化學變化；例句（2）的「で」表示材料。原料和成品之間沒有起化學變化。

1 照語順寫句子　依照下面的語順，改成一個完整的日文句子

1. 玻璃 → 用 → 椅子 → 做

ガラス　　椅子（いす）

---

2. 葡萄酒 → 葡萄 → （是）從 → 製成的

ワイン　　葡萄（ぶどう）

---

2 排排看　請把盒子裡的字，排成正確的句子

1. 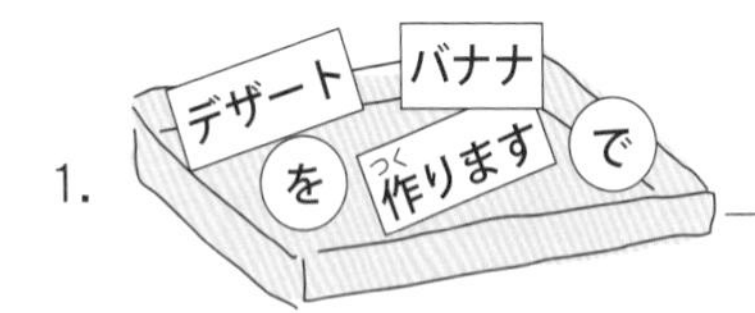

デザート＝甜點；バナナ＝香蕉

2. 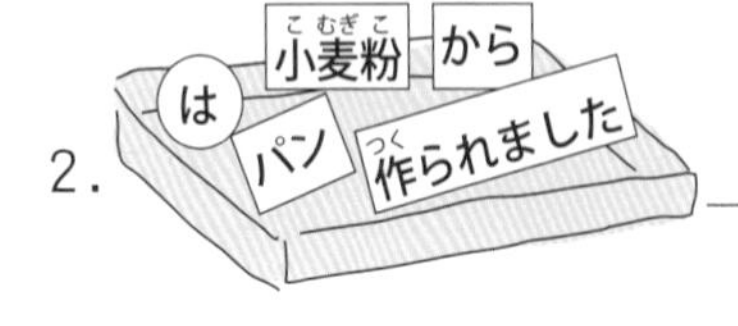

小麦粉（こむぎこ）＝麵粉；パン＝麵包

3 翻譯練習　請把中文句子翻譯成為日文

1. 用樹木做筷子。　筷子＝箸（はし）

---

2. 酒是從米製成的。　酒＝お酒（さけ）；米＝米（こめ）

第八課 比較的對象 (一) 事物

您知道日本的「都道府縣」各是哪些地方嗎？告訴您「都」就是東京都，「道」就是北海道，「府」為京都與大阪兩府，其他都是「縣」。

誰比誰還大啦、誰比誰還有錢啦、要比較就要用助詞「より」（比）。比較的對象要在述語的前面，當作述語的補語。「より」要接在比較對象的後面。

所以「北海道比大阪大。」日語語順是，把相當於助詞的「比」移到「大阪」的後面，就行啦！語順是，

主體は+比較對象より+狀態。

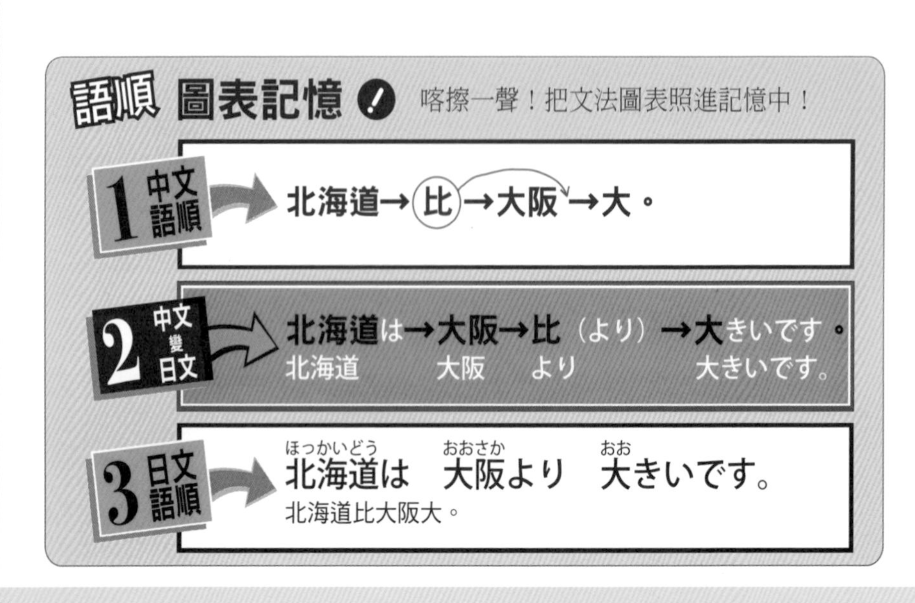

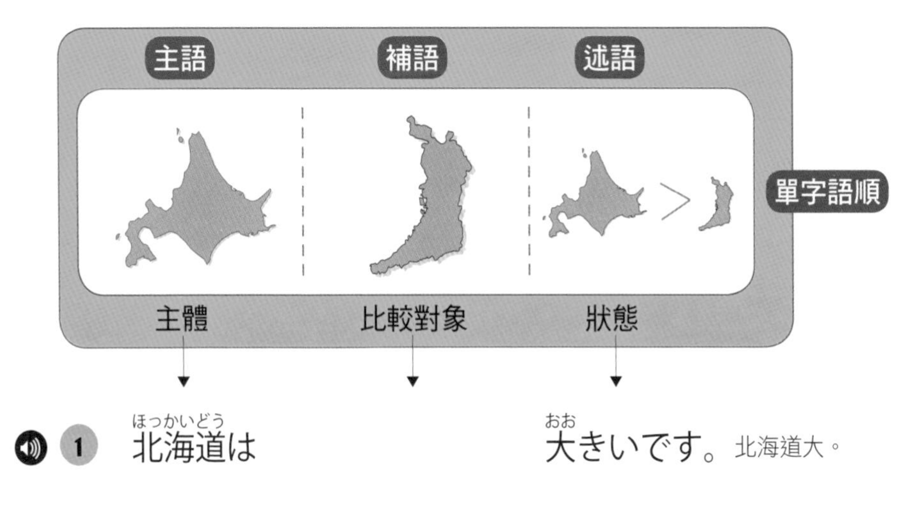

1 北海道は　大きいです。北海道大。

2 北海道は　大阪より　大きいです。北海道比大阪大。

看漫畫比比看

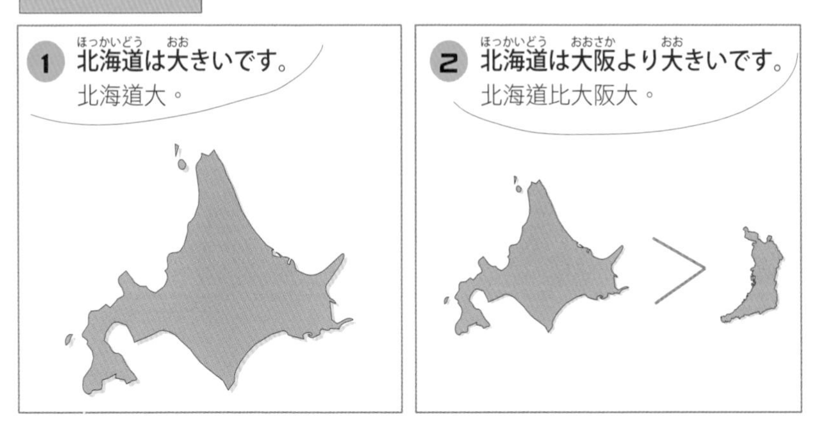

例句（1）只是單純地說「北海道大」；例句（2）加入補語跟補語助詞「大阪より」，知道「北海道」比的對象是「大阪」。

（二）人物

T30

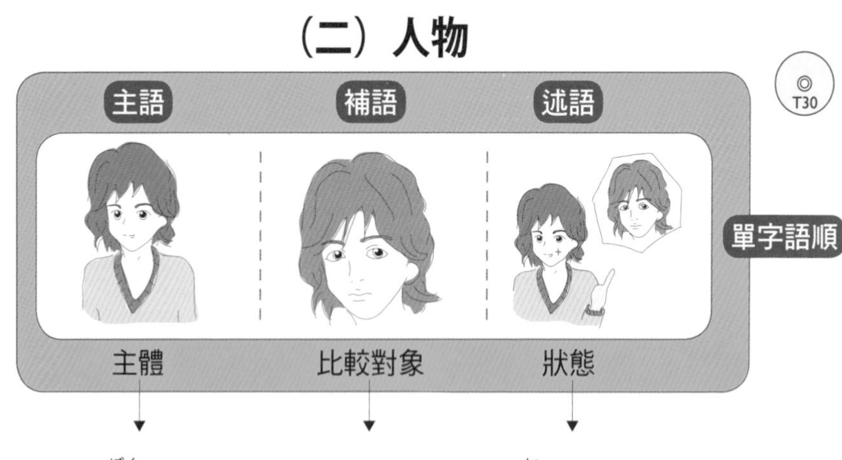

1 僕(ぼく)は　似(に)ています。　我很像。

2 僕(ぼく)は　キムタクと（に）似(に)ています。　我很像木村拓哉。

「と」跟「に」也是表示比較對象（補語）的助詞。

1 照語順寫句子　依照下面的語順，改成一個完整的日文句子

今天 → 昨天 → 比 → 寒冷

今日（きょう）　昨日（きのう）　寒（さむ）い

____

韓語 → 日語 → 很像

韓国語（かんこくご）　日本語（にほんご）

____

2 排排看　請把盒子裡的字，排成正確的句子

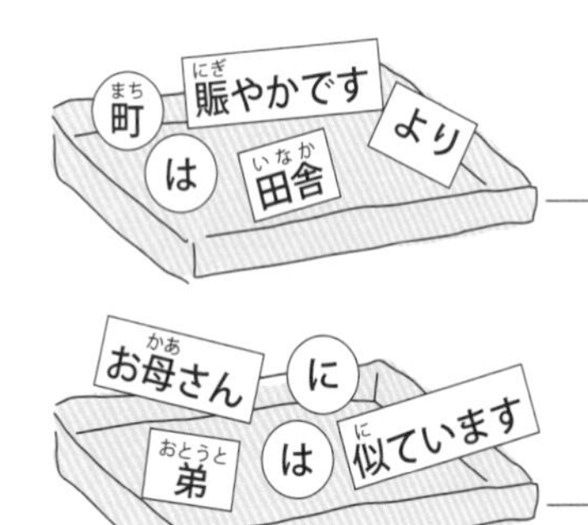

____

町（まち）＝城市；賑（にぎ）やかです＝熱鬧；田舎（いなか）＝鄉下

____

（請以「弟～」開頭）

3 翻譯練習　請把中文句子翻譯成為日文

這個比那個簡單。　簡單＝易（やさ）しい

____

那個人很像我朋友。　朋友＝友達（ともだち）

____

時間變形

我們說「聊天」就是聊天氣啦！日本氣象報告準確度比較高，連幾點幾分打雷都能預測得到，可知日本人多愛聊天氣了。是晴天、陰天、下雨…，從天氣切入，就能輕鬆打開話匣子！

日語表示過去、現在、未來的時間，是以說話的那個時間點為基準，來判斷的。要表示過去、現在、未來的時間，日語的動詞要進行變化。過去式動詞的變化方式是，後接助動詞「ました／た」，未來式是「ます形／原形」，現在進行式是要接「ています／ている」，上述的「／」後面皆為普通體。

「昨天下雨了」（昨日、雨が降りました）「ました／た」是過去式的助動詞。這樣的句子又叫過去變形句。這句的日文語順，是把動詞「下」和表示過去的「了」一起往句尾移。語順是，

主體+關連內容が+述語（時間變形）

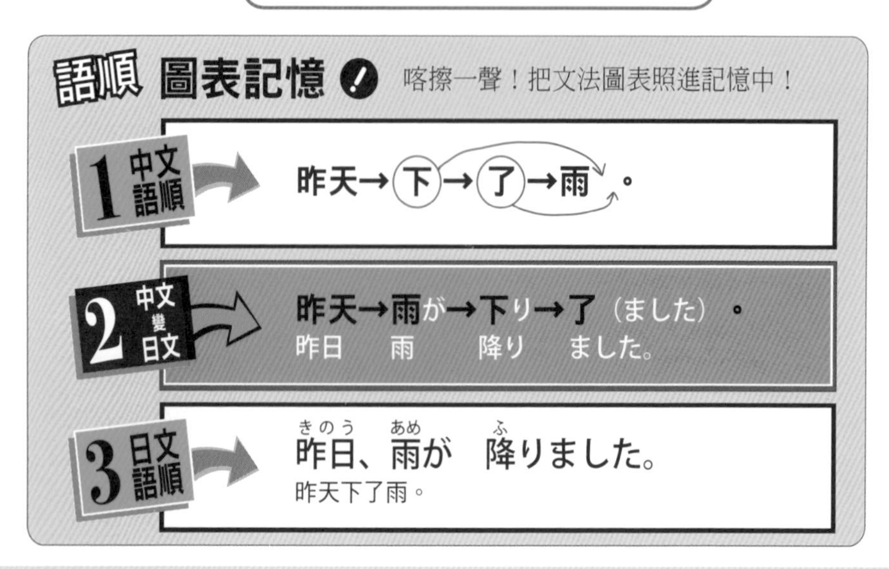

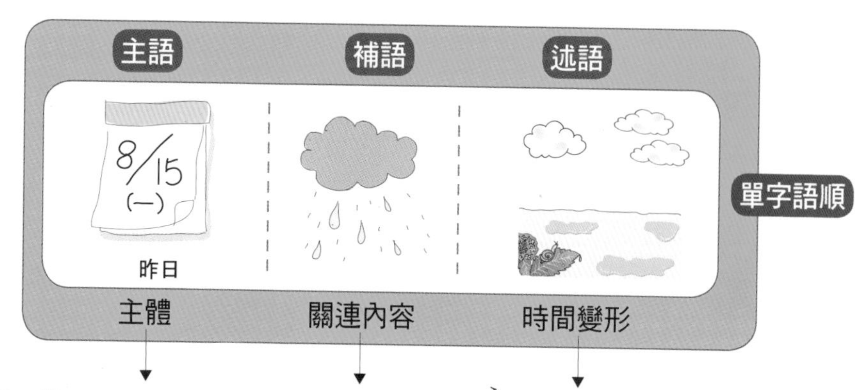

1 （時間不明）　　　　降(ふ)ります。　下…。

2 （過去）昨日(きのう)、　雨(あめ)が　降(ふ)りました。　昨天下了雨。

3 （未來）明日(あした)、　雨(あめ)が　降(ふ)るでしょう。　明天會下雨吧。

4 （現在）今(いま)、　雨(あめ)が　降(ふ)っています。　現在，正在下雨。

看漫畫比比看

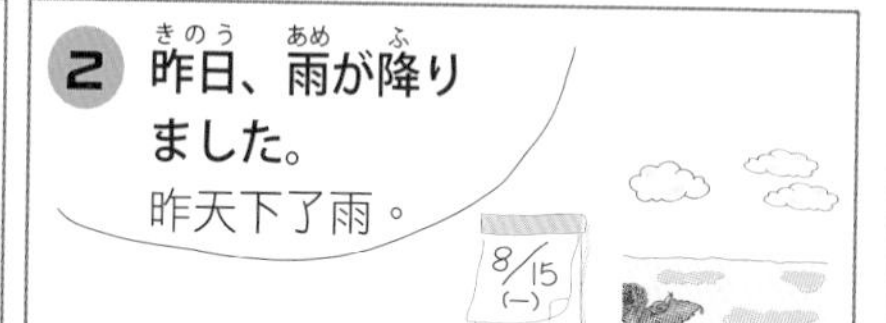

（1）過去式，表示事情已經過去了，是在說話之前的事。動詞「降ります」語尾就變成過去式的「降りました」，普通體是「降る→降った」。

（2）未來式，表示事情還沒有發生，是在說話之後的事。動詞用原形，再接推測助動詞的「でしょう」（…吧）。

（3）現在式，表示事情正在發生，用「ています」（正在…）的形式。

練習問題

1 照語順寫句子 依照下面的語順，改成一個完整的日文句子

1. 現在 → 大雨 → 下 → 正在

大雨（おおあめ）

2. 前天 → 地震 → 有 →了

おととい 地震（じしん） 起（お）きます

2 排排看 請把盒子裡的字，排成正確的句子

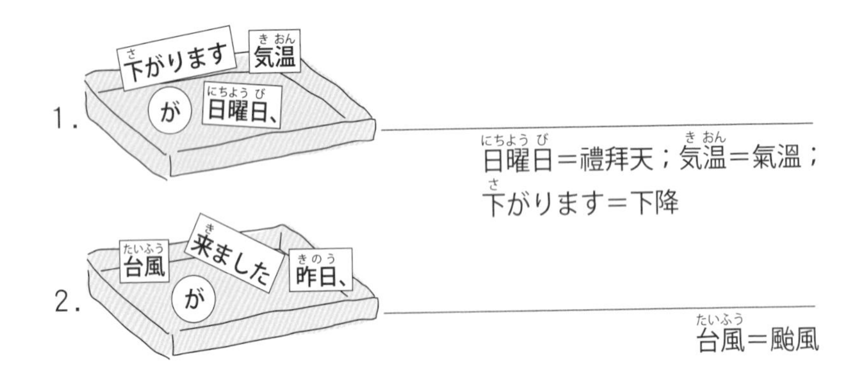

1.

日曜日（にちようび）＝禮拜天；気温（きおん）＝氣溫；下（さ）がります＝下降

2.

台風（たいふう）＝颱風

3 翻譯練習 請把中文句子翻譯成為日文

1. 上禮拜下了雪。 上禮拜＝先週（せんしゅう）；雪＝雪（ゆき）

2. 後天會颱風。 後天＝あさって；風＝風（かぜ）；颳、吹＝吹（ふ）きます

STEP 4 變形句

第二課　邀約變形句

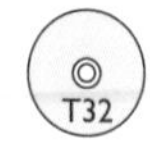

您知道「茶中有禪」、「茶禪一體」的日本茶道，到底喝的是什麼茶呢？答案是抹茶啦！據調查日本人最愛喝的是綠茶！其他還有抹茶、煎茶、烘焙茶、番茶、玄米茶、玉露等等。每年新茶上市的時候，主婦們都免不了要血拼一番。

要有禮貌地勸誘對方，跟自己一起做某事，例如邀請對方喝茶等等，就要把述語的動詞變成否定再加上「か」，變成「ませんか」（要不要…呢），如：「飲みます→飲みませんか」（要不要喝茶呢？）。前面常跟「いっしょに」（一起）前後呼應。

因此，「要不要一起喝杯茶？」的日文語順，是把助動詞「要不要」往句尾移，然後把「茶」放在動詞「喝」前面。語順是，

一起+對象を+動作ませんか。

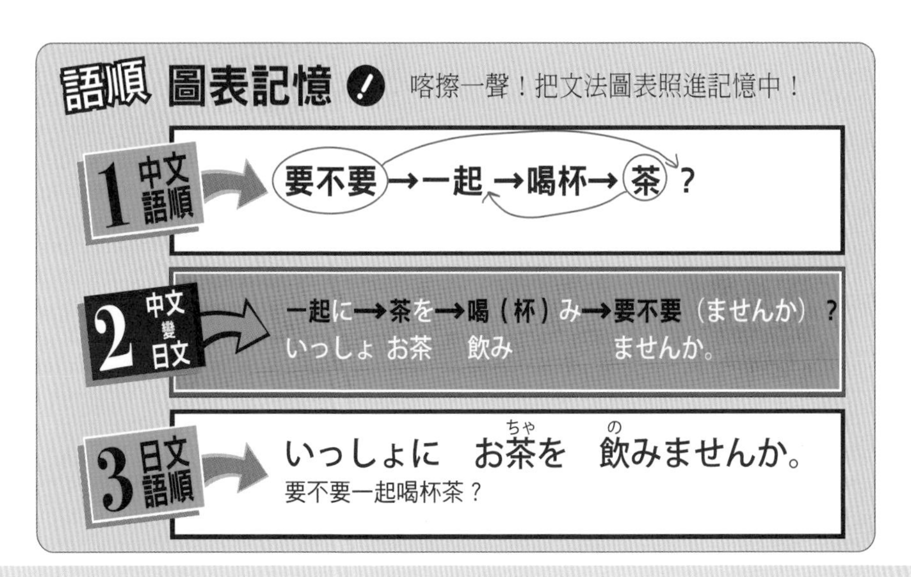

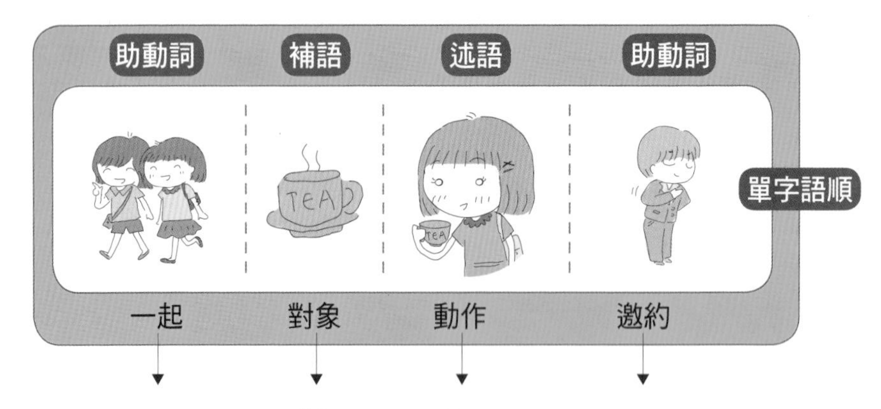

1 いっしょに お茶を 飲み ませんか。
要不要一起喝杯茶？

2 いっしょに お茶を 飲み ましょう。
一起喝杯茶吧！

例句（2）的「飲みましょう」是「動詞＋ましょう」（做…吧）的形式，這也表示勸誘對方跟自己一起做某事的用法。但例句（1）的「ませんか」比「ましょう」更客氣。

看漫畫比比看

例句（1）的「ませんか」是在尊重對方的意願之下，較客氣地邀約對方一起做某事；例句（2）「ましょう」一般用在做那一行為、動作，事先已經規定好，或已經成為習慣的情況。

1 照語順寫句子　依照下面的語順，改成一個完整的日文句子

1. 一起 → 歌 → 唱 → 要不要

歌(うた)　歌(うた)います

____

2. 一起 → 家 → 回 → 吧

家(いえ)　帰(かえ)ります

____

2 排排看　請把盒子裡的字，排成正確的句子

1.

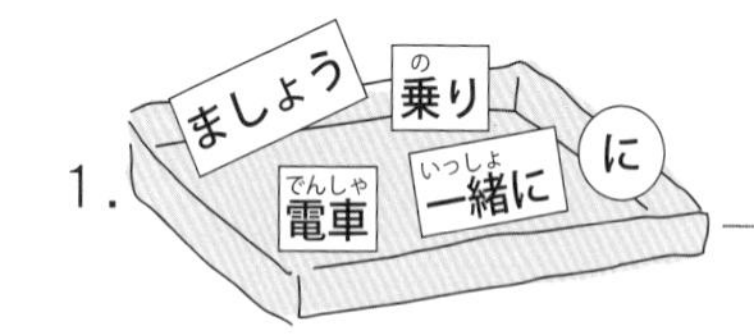

____

電車(でんしゃ)＝電車

2.

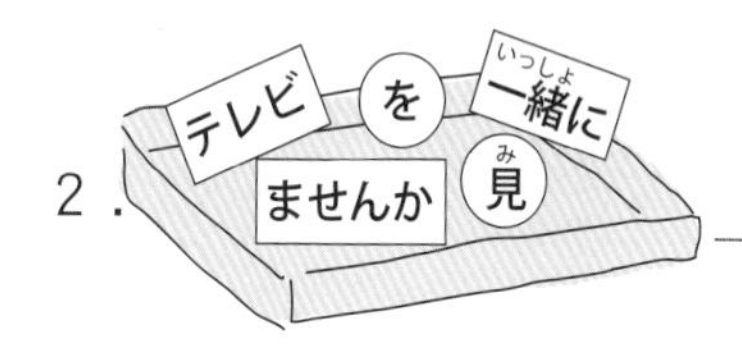

____

テレビ＝電視

3 翻譯練習　請把中文句子翻譯成為日文

1.要不要一起玩遊戲？　遊戲＝ゲーム；玩＝遊(あそ)びます

____

2.一起等他吧！　等～吧＝待(ま)ちましょう

____

第三課 希望變形句
(一) たい

T33

說到想要什麼，就想到日本人那多禮又細膩的「送禮」了。日本人從年頭到年尾都在送禮，對「送禮」可有一套縝密的哲學喔！據調查，日本人最喜歡收到的禮物是罐頭、海鮮、醬菜等食料品。其他如禮券、酒類、目錄禮品、飲料、清潔劑及水果…等，也廣受歡迎的喔！

想表示說話人的希望，就要把述語動詞變成「ます形」，去掉「ます」再加上助動詞「たい（です）」（想要…）。例如「食べます→食べたいです」。還有，想要的對象，補語助詞要用「が」，放在述語前面。這樣的句子又叫希望變形句。

所以，「我想吃河豚」的日文語順，是把動詞「吃」往句尾移，然後把「想」放在動詞後面。語順是，

主體は+對象が+動作たい（です）。

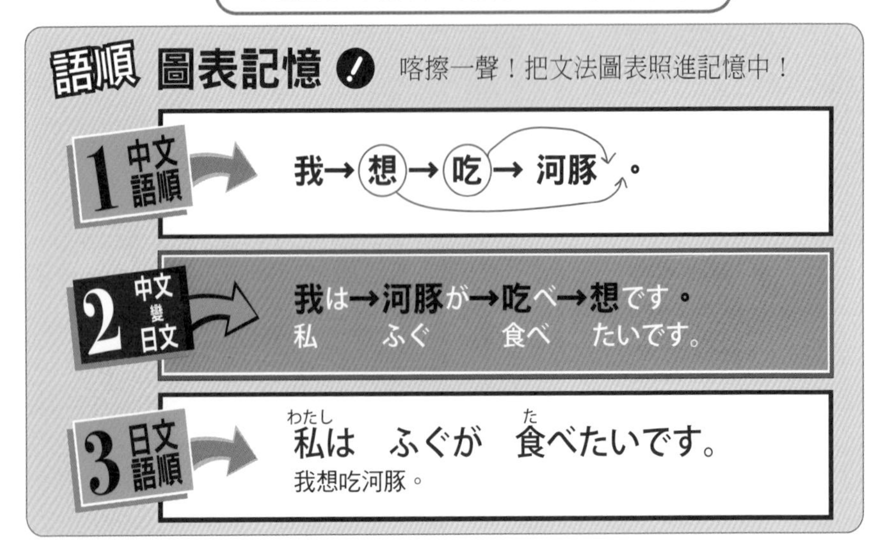

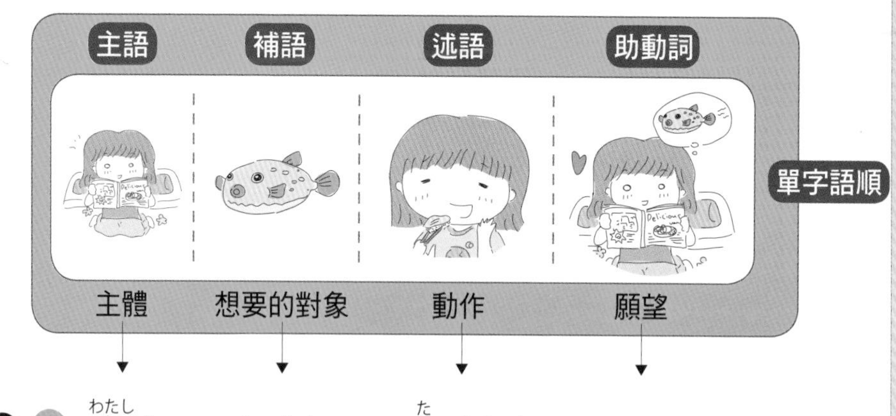

1 私(わたし)は　ふぐを　食(た)べます。　我吃河豚。

2 私(わたし)は　ふぐが　食(た)べ　たいです。　我想吃河豚。

這裡的「ふぐが食べたいです」表示我（說話人，第一人稱）心中希望能實現願望。如果句尾加上表疑問的「か」（…嗎），如，「ふぐが食べたいですか」（你想吃河豚嗎？）就表示聽話者的願望了。

看漫畫比比看

例句（1）是有補語的基本句，所以語順是「主語は＋補語を＋述語」，補語助詞用表示動作對象的「を」；例句（2）是希望變形句，所以補語助詞要改成，表示願望對象的「が」，述語後面要接「たい（です）」。請參考STEP 1的第二課「助詞」。

（二）たがる

日本NHK的「國民生活時間調查」說，日本人每天看電視時間平均為4個小時，而禮拜天則是5個小時以上。日本人真是世界上最愛看電視的人了。

日語中，相對於自己的希望用「たい」，第三者的希望就要用助動詞「たがる（たがります）」（想要…）。方法是把述語動詞變成「ます形」，去掉「ます」再加上「たがります」例如，「見ます→見たがります」。當然，這樣的句子也叫希望變形句。

所以，「小孩想看電視」的日文語順是把動詞「看」往句尾移，然後把助動詞「想」放在動詞後面。語順是，

主體は+對象を+動作たがります。

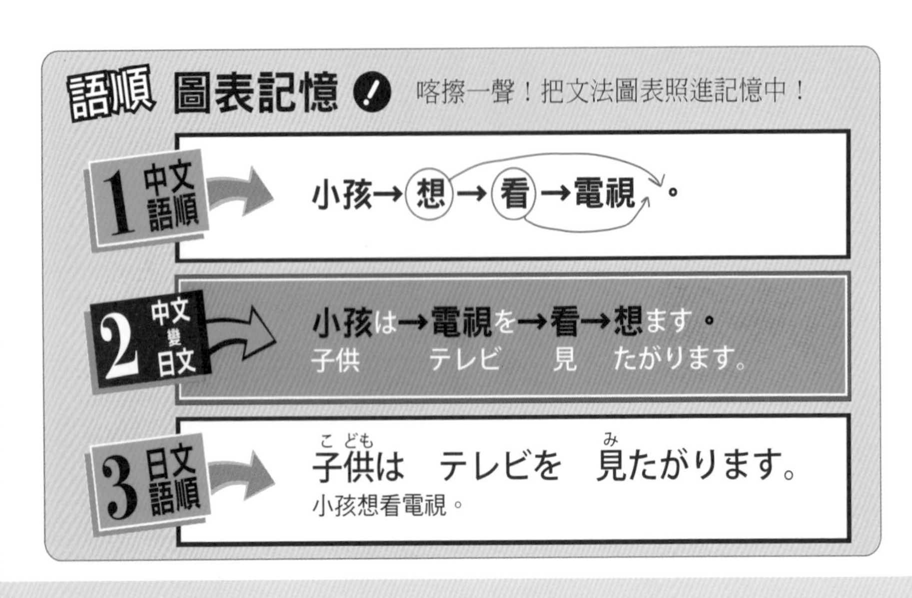

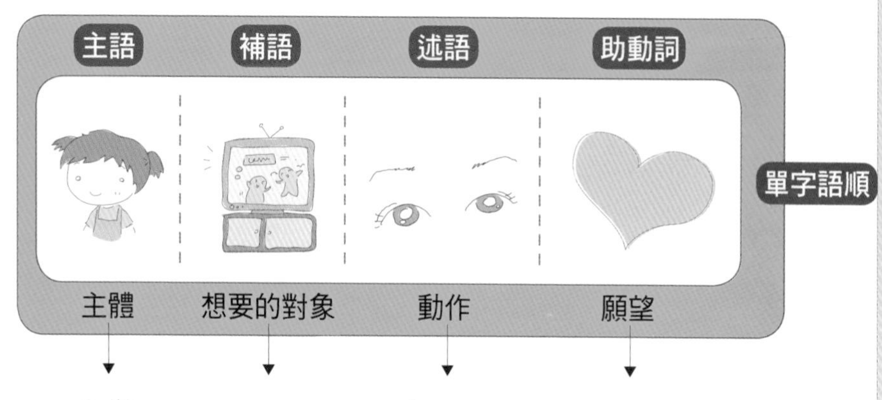

1 子供（こども）は　テレビを　見（み）ます。　小孩看電視。

2 子供（こども）は　テレビを　見（み）　たがります。　小孩想看電視。

「たがります」表示說話人從表情、動作等外觀上，來觀察他人顯露在外面的希望。主語多為第三人稱（他、他們…等）。否定形是「たがりません」，表示不希望、不願意。

這句話可能是看小孩想看心愛的節目，電視卻壞了，推測小孩想要的是「看電視」。

看漫畫比比看

例句（1）只是簡單說出「小孩看電視」；例句（2）加入了助動詞「たがります」（想要…）表示小孩顯露在外的希望是「看電視」。

（三）がほしいです

您知道日本人目前養的貓狗數，是多少呢？根據一個有趣的統計發現，共一千七百萬隻，而這個數字竟然跟日本從零到十二歲的小孩人口相當。難怪日本政府為少子化如此傷透腦筋了。

想將某事物弄到手，成為自己的，表示說話人的希望，還可以用一個感情形容詞來當述語，那就是「ほしい」（想要…），而想要的對象，助詞要用「が」來表示。

所以，「我想要孩子」的日文語順，是把形容詞述語「想要有」移到句尾，就行啦。語順是，

主體は+對象が+ほしいです。

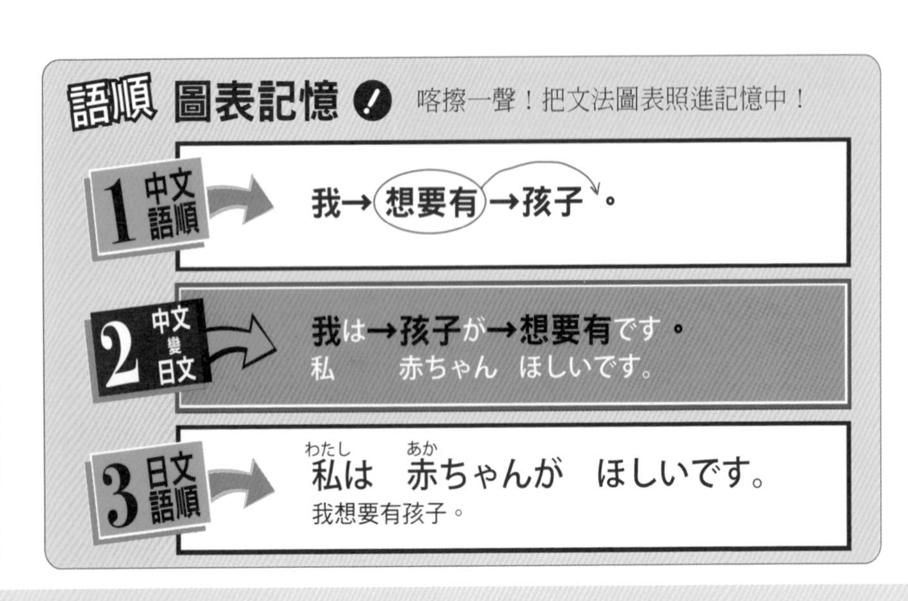

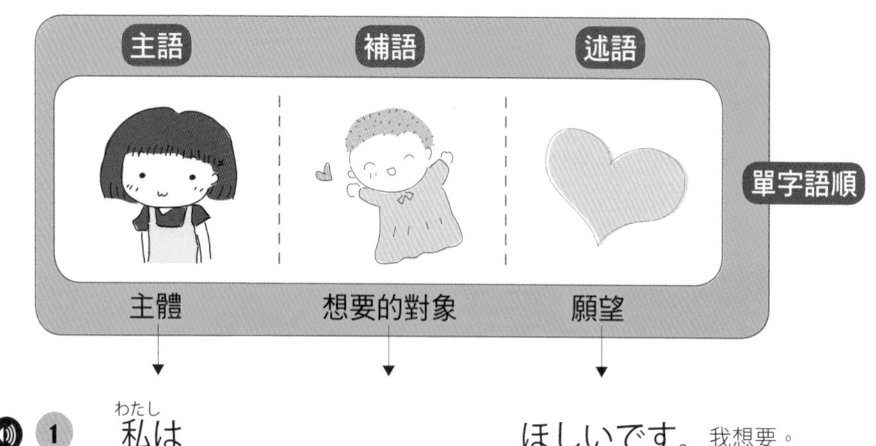

1 私(わたし)は ほしいです。我想要。

2 私(わたし)は 赤(あか)ちゃんが ほしいです。我想要有孩子。

要詢問對方想要什麼，用疑問句就行啦！如「金がほしいですか。」（你想要錢？）但這樣的問法，通常用在跟自己關係親近的人上面。

「がほしい」不用在第三者的希望。第三者的希望要用「主語は＋補語を＋ほしがっています」的形式。

看漫畫比比看

例句（1）只單純說出「我想要」，但沒說出想要什麼；例句（2）明確地說出想要的是補語助詞「が」前面的「孩子」。

1 照語順寫句子　依照下面的語順，改成一個完整的日文句子

1. 我 → 廣播 → 聽 → 想
ラジオ

2. 大家 → 時間 → 想要有
みんな　時間（じかん）

2 排排看　請把盒子裡的字，排成正確的句子

1.

マイカー＝自用車

2.
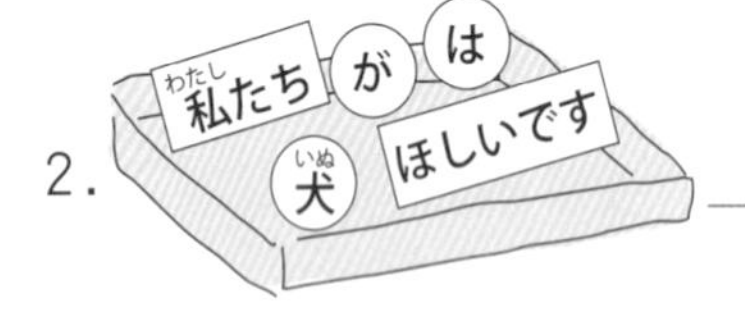

私たち（わたし）＝我們

3 翻譯練習　請把中文句子翻譯成為日文

1. 他想要買皮包。　皮包＝かばん

2. 姊姊想要裙子。　裙子＝スカート

第四課 能力變形句

（一）可能句型1

T36

會說日語，去日本就更好玩喔！可以問到更好吃的、玩到更好玩的、聽到更有趣的啦！

把述語的動詞，加上表示「會…、能…」的句型「ことができます」，變成「話すことができます」，就可以跟別人說「私は日本語を話すことができます。」（我會說日語。）還有，要注意喔！補語助詞要用「を」！

因此，「我會說日語」的日文語順是，把動詞「說」往句尾移，然後把「會」放在動詞後面。語順是，

主體は+關連內容を+動作ことができます。

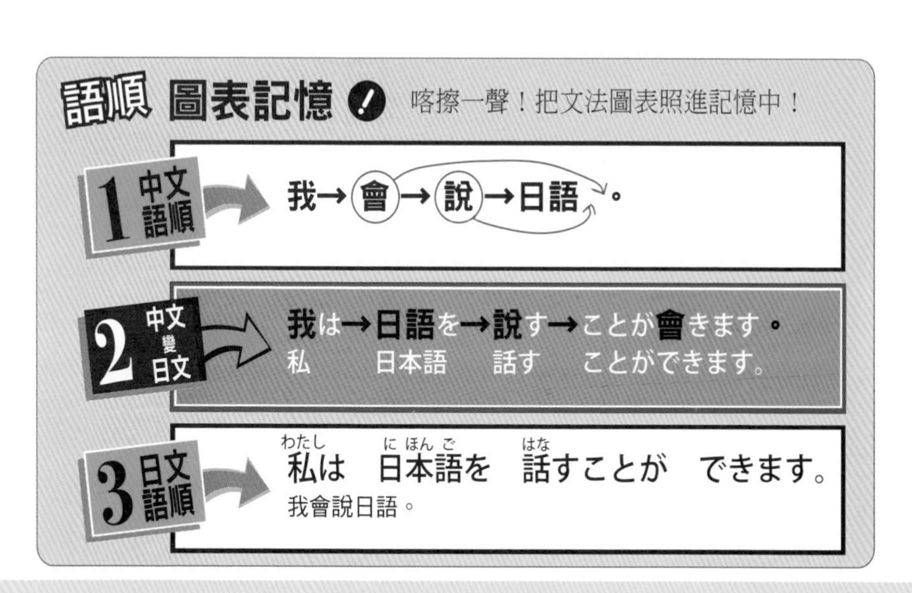

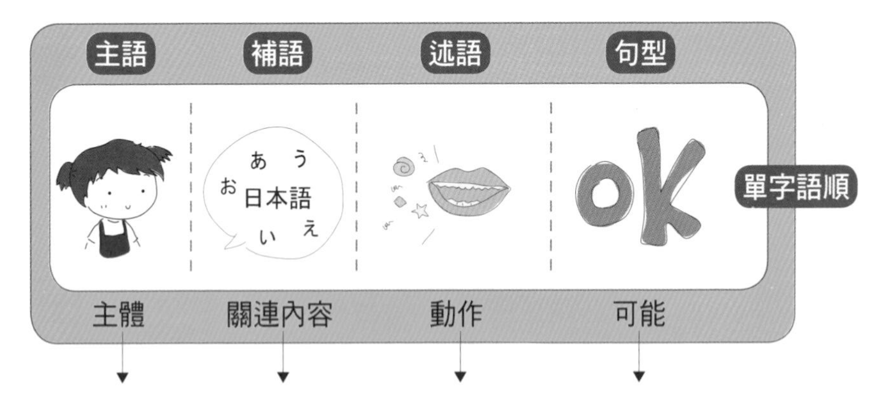

1 私(わたし)は　日本語(にほんご)を　話(はな)します。　我說日語。

2 私(わたし)は　日本語(にほんご)を　話(はな)す　ことができます。　我會說日語。

這裡的「話すことができます」表示經過學習，所得到的能力。「ことができます」（會…、能…）表示體質上、體力上、能力上會做的，或是在外部條件允許時可能做。

看漫畫比比看

例句（1）只單純說出「我說日語」；例句（2）加入了句型「ことができます」（會…）表示「我會說日語」。

（二）可能句型2

現在許多父母，會讓小孩學才藝、彈鋼琴、畫畫…。而在國外，許多小孩都會好幾樣的運動，從中學習協調、合作、鍛鍊身體。

「我會彈鋼琴」日語是「私はピアノが弾けます。」這是把述語的動詞，改成動詞可能形，來表示「會…」之意。動詞可能形的變化是「弾き（ki）ます→弾け（ke）ます」也就是「i」改成「e」。還有，要注意喔！補語助詞要用「が」！

「我會彈鋼琴。」的日文語順是把動詞「彈」往句尾移，然後把「會」放在動詞「彈」後面。語順是，

主體は+關連內容が+述語（動詞可能形）。

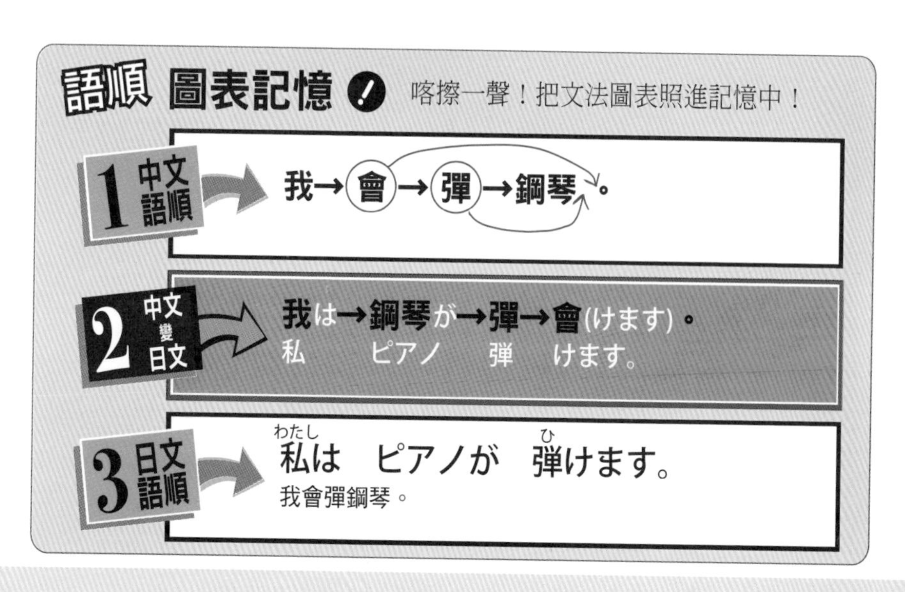

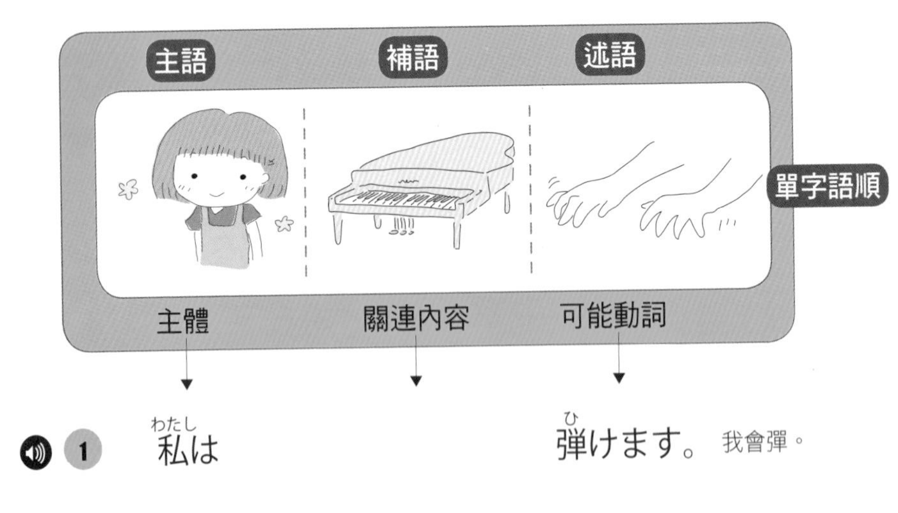

1 私(わたし)は 弾(ひ)けます。 我會彈。

2 私(わたし)は ピアノが 弾(ひ)けます。 我會彈鋼琴。

這裡的「弾けます」（會彈）表示經過了練習，所得到的能力。動詞可能形，表示能力上、體質上、體力上會做的，也表示在外部條件允許時可能做。

看漫畫比比看

例句（1）只提到「我會彈」，但沒有提到會彈什麼；例句（2）明確地提到會彈的是補語助詞「が」前的「鋼琴」。

（三）可能句型3

日本是海島國家，有各式各樣的海鮮，其中生魚片、壽司可說就是日本的代表了。要說「私はすしが食べられます。」（我能吃生魚片），這樣的句子就叫「可能變形句」。

也就是把述語的動詞，加上表示「能、可以」的助動詞「れる」和「られる」，變成「食べられる（食べられます）」就可以了。還有，要注意喔！補語助詞要用「が」！

因此，「我能吃壽司。」日文語順是，把述語的動詞「吃」往句尾移，然後再把「能」放在動詞後面。語順是，

主體は+關連內容が+動作れます／られます。

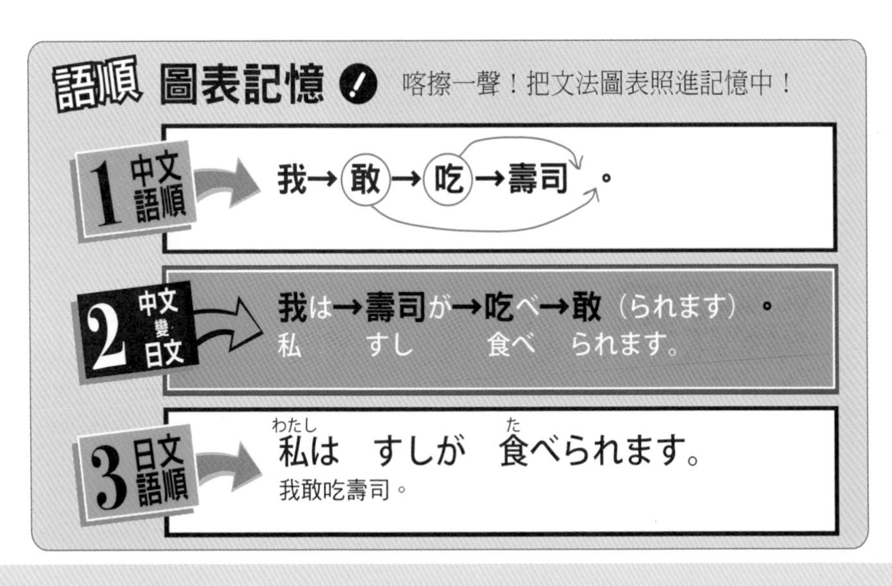

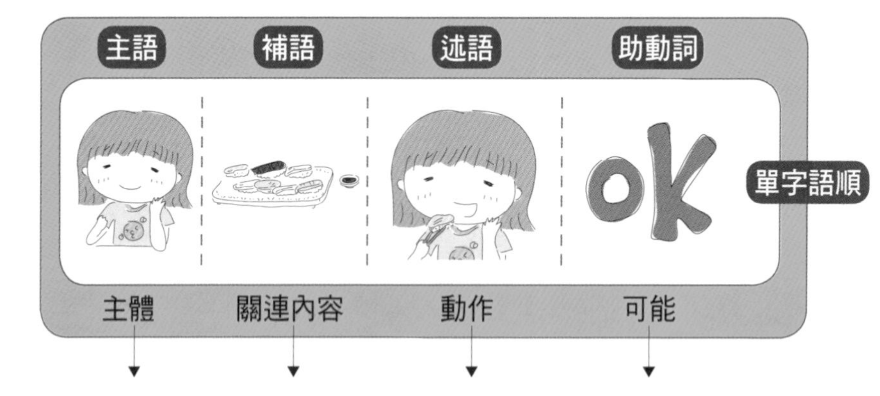

1 私(わたし)は　すしを　食(た)べます。　我吃壽司。

2 私(わたし)は　すしが　食(た)べ　られます。　我敢吃壽司。

這裡的「食べられます」表示經過各種嘗試之後，所得到的能力。「れる」、「られる」相當於句型「ことができます」（會…、能…）。

看漫畫比比看

例句（1）只是單純說出「我吃壽司」；例句（2）「食べます」加上「られます」表示「能吃、敢吃」的意思。

1 照語順寫句子　依照下面的語順，改成一個完整的日文句子

1. 老公 → 咖哩 → 會做

主人（しゅじん）　カレー

＿＿＿＿＿＿＿＿＿＿＿＿＿＿＿＿＿＿＿＿

＊請使用「～れます／られます」句型

2. 姊姊 → 衣服 → 做 → 會

洋服（ようふく）

＿＿＿＿＿＿＿＿＿＿＿＿＿＿＿＿＿＿＿＿

＊請使用「～ことができます」句型

2 排排看　請把盒子裡的字，排成正確的句子

1. 

＿＿＿＿＿＿＿＿＿＿＿＿＿＿＿＿＿＿＿＿

コンピューター＝電腦；使（つか）えます＝會使用

2. 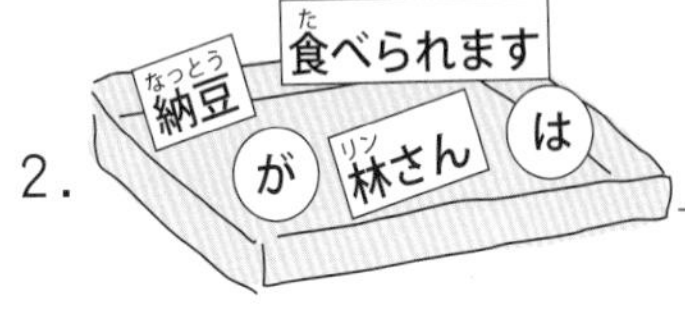

＿＿＿＿＿＿＿＿＿＿＿＿＿＿＿＿＿＿＿＿

納豆（なっとう）＝納豆；林（リン）さん＝林先生

3 翻譯練習　請把中文句子翻譯成為日文

1. 我會跳芭蕾舞。　芭蕾舞＝バレエ；會跳＝踊（おど）れます

＿＿＿＿＿＿＿＿＿＿＿＿＿＿＿＿＿＿＿＿

2. 老師會寫小說。　會寫＝書（か）けます；小說＝小説（しょうせつ）

＿＿＿＿＿＿＿＿＿＿＿＿＿＿＿＿＿＿＿＿

時間、期間

（一）時間點1

日本人講求效率，所以「站著吃飯，快速解決」早已是上班族的小文化了。這一文化並延燒到居酒屋的站著喝酒喔！聽說站著喝酒比較熱鬧，也不容易醉。

某一動作發生的時間，往往是人們關注的話題。在日語語順中，時間詞要放在述語的前面，來修飾後面的述語。修飾語要用助詞「に」等等來表示。述語前面如果有行為對象，就放在行為對象的前面。

因此，「我七點吃飯。」日語語順就是，把動詞的「吃」往句尾移就行啦！語順是，

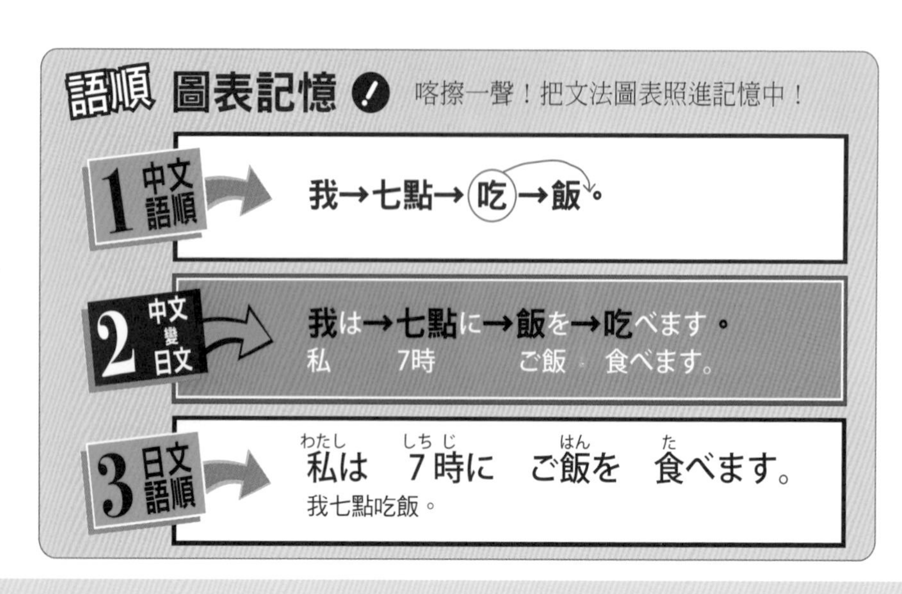

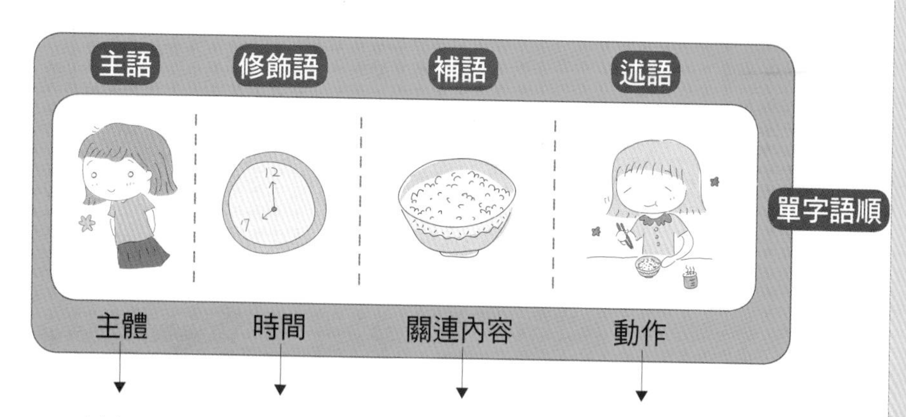

1 私(わたし)は　食(た)べます。我吃。

2 私(わたし)は　ご飯(はん)を　食(た)べます。我吃飯。

3 私(わたし)は　7時(しちじ)に　ご飯(はん)を　食(た)べます。我七點吃飯。

「7時に」是從時間面上修飾語後面的動詞「食べます」，也就是說「吃」這個動作是在「7點」進行的。「に」是補語時間的助詞。

看漫畫比比看

（二）時間點2

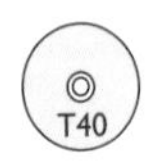

日本人喜歡當6月新娘，為什麼呢？原來，英語的6月是古羅馬神話中，守護女神Juno的名字，她會守護女性及婚姻。因此傳說在6月結婚的女性一定會得到幸福。

表示時間的修飾語，要放在述語的前面來修飾後面動作的時間。修飾語要用助詞「に」等等來表示。

要說，「我星期天結婚。」的日語語順不用移，直接用中文語順就行啦！語順是，

主體は+時間（に）等+動作。

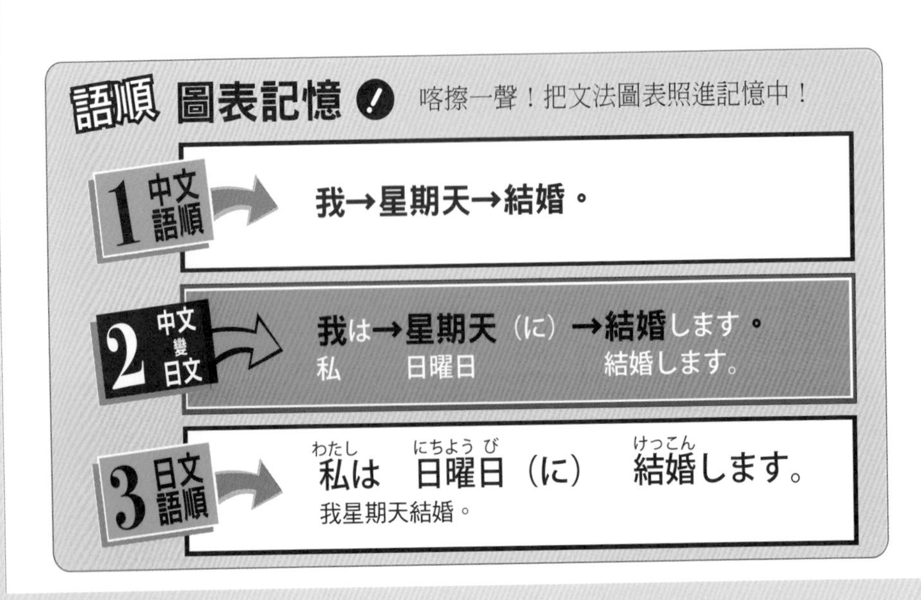

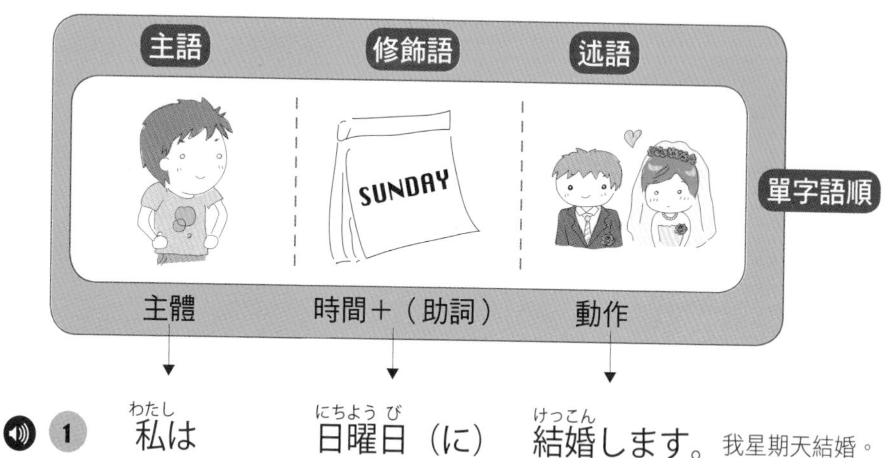

1 私(わたし)は　日曜日(にちようび)（に）　結婚(けっこん)します。我星期天結婚。

2 私(わたし)は　2月3日(にがつみっか)に　結婚(けっこん)します。我二月三日結婚。

3 私(わたし)は　来年(らいねん)　結婚(けっこん)します。我明年結婚。

「日曜日（に）」、「２月3日に」、「来年」是從時間面上修飾語後面的動詞述語「結婚します」，表示「結婚」這個動作的時間點。

日語的時間名詞有些要加「に」（如：８時、３日），有些不加「に」（如：毎日、来年），有些加不加都可以（如：昼、日曜日）。

（三）期間

表示時間的修飾語，可以分為表示時間點的「今日」（今天）、「八時に」（八點）…等，跟表示期間的「二年間」（兩年之間）和「～から～まで」（從～到～）…等。表示期間的時間名詞，要在述語的前面，來從時間的側面上修飾後面的述語。

由此來看，「我學了兩年。」日語語順就是，把「學了」往句尾移就行啦！語順是，

主體は+時間+動作。

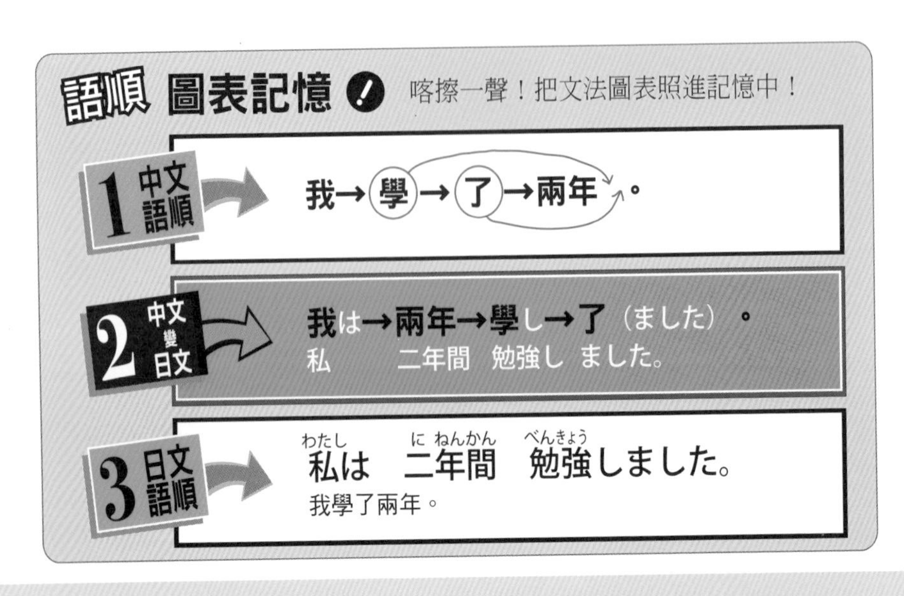

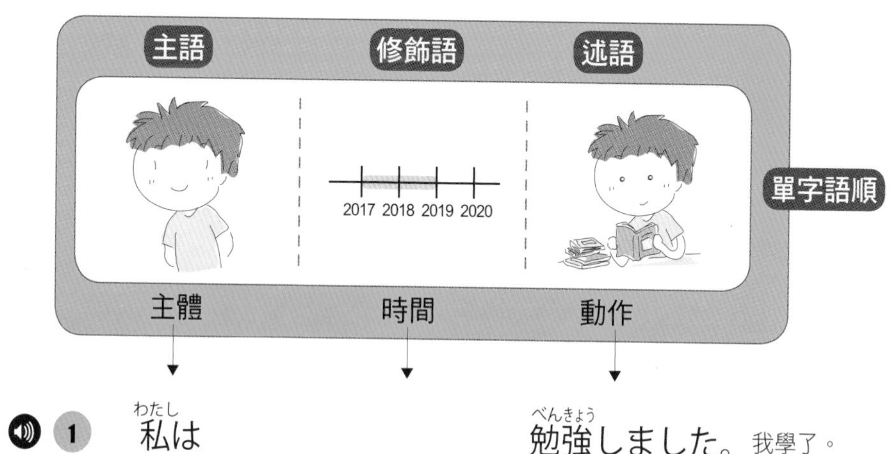

1　私（わたし）は　勉強（べんきょう）しました。我學了。

2　私（わたし）は　二年間（にねんかん）　勉強（べんきょう）しました。我學了兩年。

「～間」表示的是一個區間。

看漫畫比比看

例句（1）只單純地說「我學了」；例句（2）加入時間修飾語「二年間」，來修飾後面的「學了」，知道共學了兩年。

（四）時間、期間

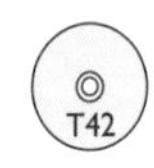

上一單元提過，表示時間的修飾語，可以大分為時間點跟期間兩種。這一單元要說明的是「期間」，這裡的期間用助詞「～から～まで」（從～到～）表示。表示期間的時間名詞，要放在述語的前面，來修飾後面的述語。

因此，「我從六點工作。」日語語順是，將相當於助詞的「從」移到時間的「六點」之後，動詞的「工作」保持在句尾，就行啦！語順是，

主體は+時間から+動作。

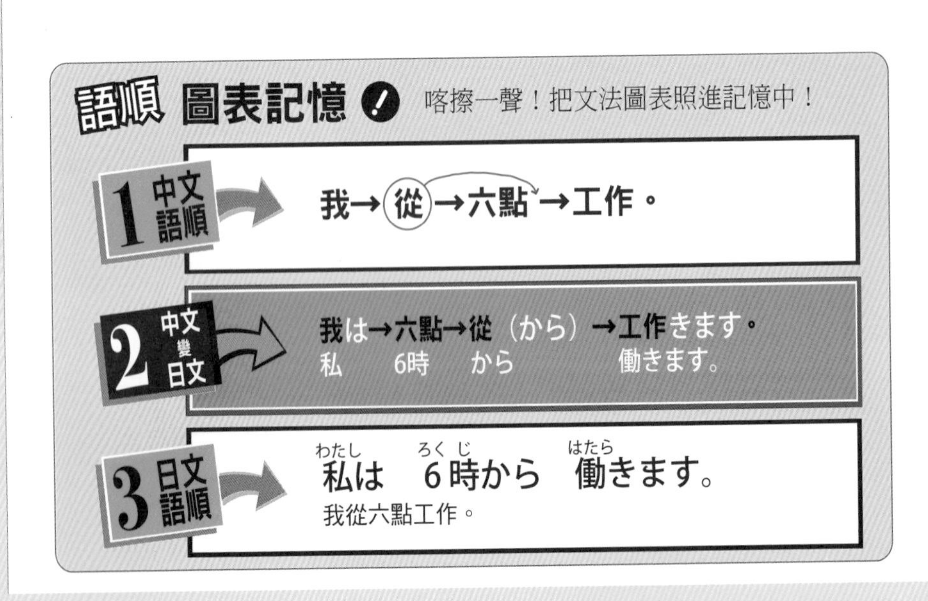

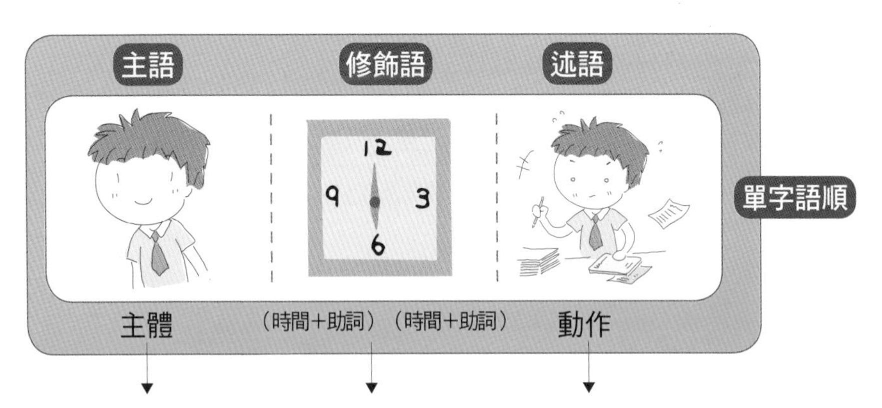

1 私は　6時から　働きます。我從六點工作。

2 私は　8時まで　働きます。我工作到八點。

3 私は　9時から　5時まで　働きます。我從九點工作到五點。

4 私は　朝から　晩まで　働きます。我從早工作到晚。

5 私は　月曜日から　金曜日まで　働きます。我從星期一工作到星期五。

看漫畫比比看1

1 私は働きます。
我工作。

2 私は6時から働きます。
我從六點工作。

看漫畫比比看2

1 私は働きます。
我工作。

2 私は朝から晩まで働きます。
我從早工作到晚。

1 照語順寫句子　依照下面的語順，改成一個完整的日文句子

1. 她 → 晚上11點 → 從 → 早上7點 → 到 → 睡 → 了

夜11時（よるじゅういちじ）　朝7時（あさしちじ）　寝ます（ね）

2. 小提琴 → 三年 → 學 → 了

バイオリン　三年間（さんねんかん）　習います（なら）

2 排排看　請把盒子裡的字，排成正確的句子

1.

運動します（うんどう）＝運動

2.

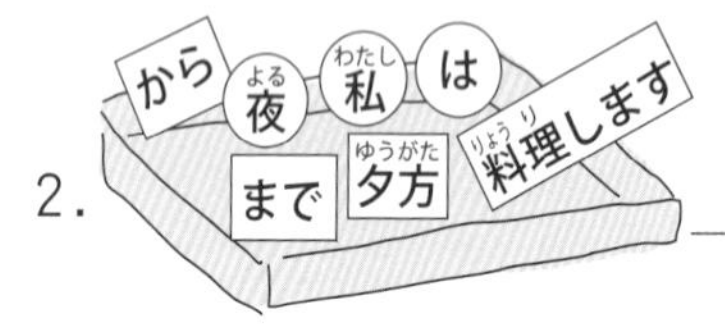

夜（よる）＝晚上；夕方（ゆうがた）＝傍晚；
料理します（りょうり）＝做菜

3 翻譯練習　請把中文句子翻譯成為日文

1. 朋友明天出院。

出院＝退院（たいいん）します

2. 小寶寶12月1日出生了。

小寶寶＝赤（あか）ちゃん；12月1日＝
12月1日（じゅうにがつついたち）；出生了＝生（う）まれます

第二課 動作、行為的場所、範圍（一）行為的場所

T43

現在喜歡跑步的人，為數還真不少，跑步的魅力在動作簡單，不需太多器具，不需要一群人參與。大街小巷都可以跑，當然有座公園就更好了。

動作有關的場所。譬如，動作進行的場所、動作開始的場所等，這些場所，都需要後接助詞「で、から、まで」來表示修飾語。從場所面來修飾、限定後面的動詞述語。

因此，「我在公園跑步。」的日語語順，由於動詞「跑步」一開始就乖乖的在句尾，所以不需移動。只要把助詞的「在」，移到「公園」後面就行啦！語順是，

主體は+場所で等+動作。

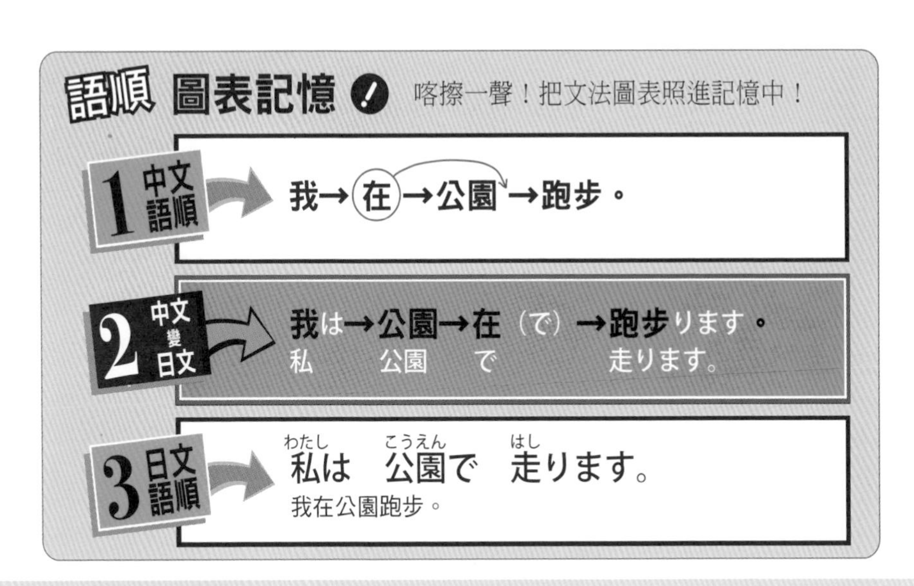

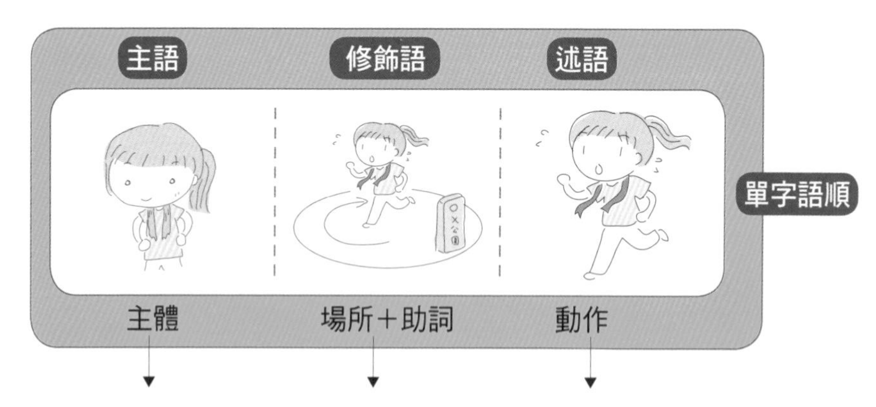

1 私(わたし)は　公園(こうえん)で　走(はし)ります。 我在公園跑步。

2 私(わたし)は　公園(こうえん)から　走(はし)ります。 我從公園跑步。

3 私(わたし)は　公園(こうえん)から　家(いえ)まで　走(はし)ります。 我從公園跑到家。

「公園で」、「公園から」、「公園から家まで」都是修飾在後面的述語，表示動作「走ります」所進行的場所。

「から」（從）、「まで」（到）表示空間的起點和終點。

看漫畫比比看

（二）行為的範圍1

某一行為、動作是在什麼樣的範圍內進行的呢？說明範圍的詞語是修飾語，要在述語的前面，它所擔負的任務是「範圍」。

這一單元介紹「しか」（只、僅僅）這個說明範圍的助詞，後接否定，表示限定。它前接名詞，來修飾後面的動詞述語，動詞要變成否定式。

所以，「我只吃日本料理。」日語語順就是，把「日本料理」移到範圍助詞「只」之前，接下來在動詞「吃」的後面加上否定的「不」，就可以了。

主體は+關連內容しか+動作（否定）。

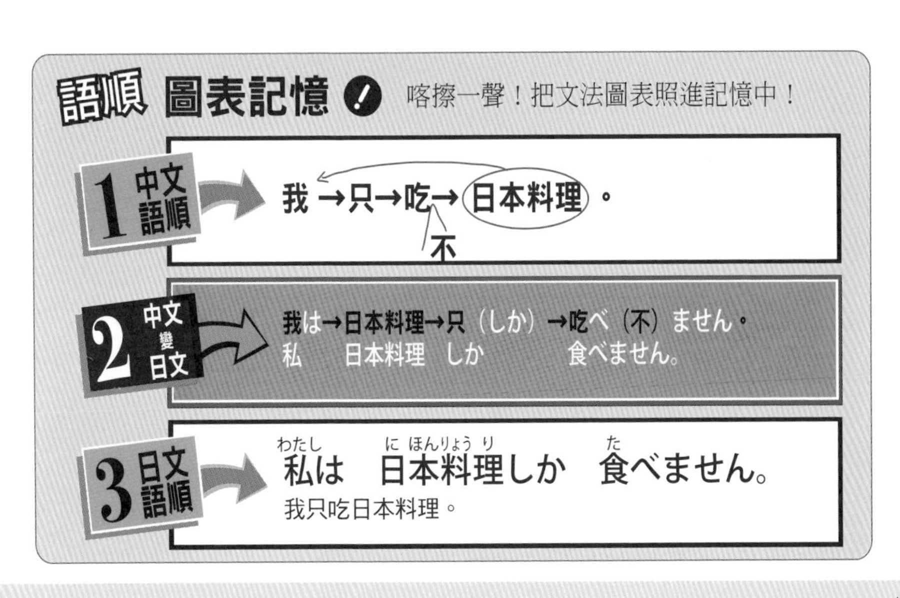

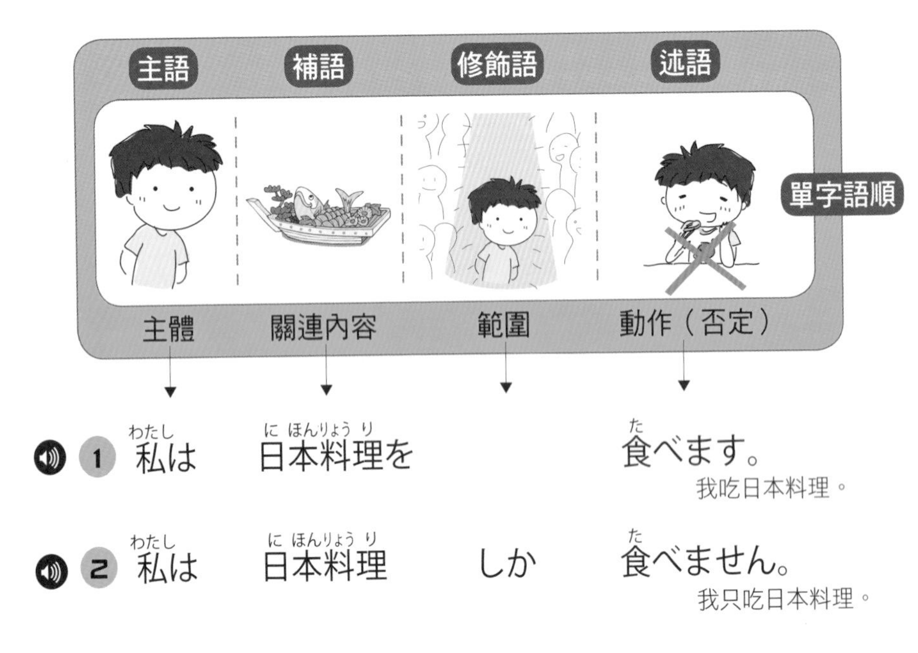

1 私(わたし)は　日本料理(にほんりょうり)を　食(た)べます。
我吃日本料理。

2 私(わたし)は　日本料理(にほんりょうり)　しか　食(た)べません。
我只吃日本料理。

「しか」帶有因不足而感到可惜、後悔或困擾的心情。

看漫畫比比看

例句（1）用動作對象助詞「を」，來單純敘述「我吃日本料理」；例句（2）把「を」改成「しか」，變成「日本料理しか」來修飾後面的動詞述語，當然動詞的「食べます」要改成否定形「食べません」了。

（三）行為的範圍2

動作是在什麼樣的範圍內進行的呢？表示範圍的助詞還有一個是「だけ」（只、僅僅），它後接肯定，表示限定。「だけ」前接名詞，位置要在動詞述語前面，來修飾後面的動詞，動詞不需要變成否定式。

因此，「我只吃日本料理。」日語語順就是，將「日本料理」移到表示範圍的助詞「只」前面，就可以啦！語順是，

主體は+關連內容だけ+動作（肯定）。

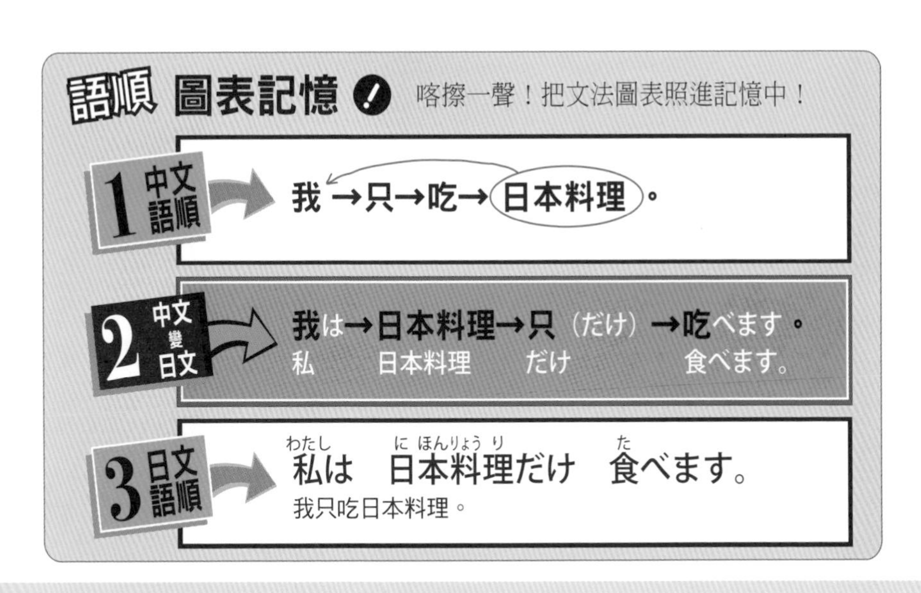

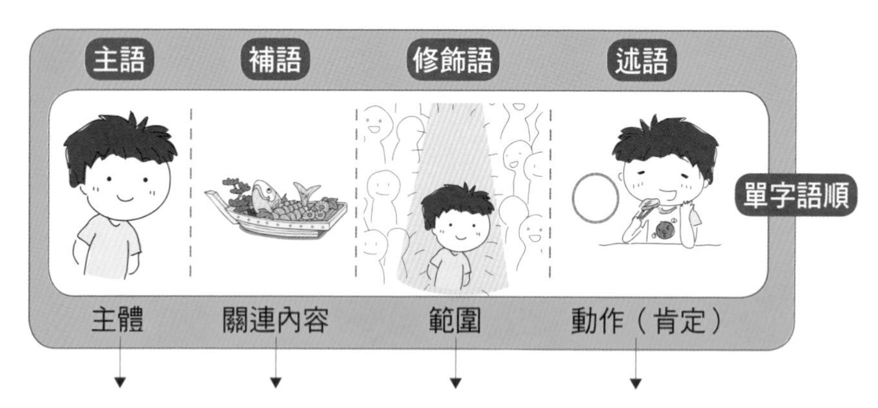

1 私(わたし)は　食(た)べます。我吃。

2 私(わたし)は　日本料理(にほんりょうり)を　食(た)べます。
我吃日本料理。

3 私(わたし)は　日本料理(にほんりょうり)　だけ　食(た)べます。
我只吃日本料理。

看漫畫比比看

1 私(わたし)は日本料理(にほんりょうり)しか食(た)べません。
我只吃日本料理。

2 私(わたし)は日本料理(にほんりょうり)だけ食(た)べます。
我只吃日本料理。

しか…ない→用在否定句中。著重在後面的「ない」，用在限定一件事物，而排除其他事物。帶有否定的可惜、後悔的心情。

だけ→用在肯定句中。著重在對事物跟數量的「限定」。有時帶有雖只有這樣，但也足夠的心情。

1 照語順寫句子　依照下面的語順，改成一個完整的日文句子

新宿 → 從 → 原宿 → 到 → 走路

新宿（しんじゅく）　原宿（はらじゅく）　歩（ある）きます

大家 → 燒肉 → 只 → 吃（用「～しか～ません」句型）

焼肉（やきにく）　食（た）べます

2 排排看　請把盒子裡的字，排成正確的句子

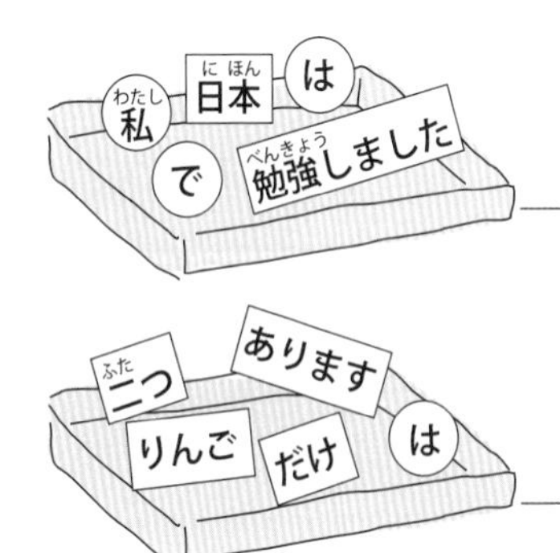

二（ふた）つ＝兩個；りんご＝蘋果

3 翻譯練習　請把中文句子翻譯成為日文

我從廚房打掃。　廚房＝台所（だいどころ）；打掃＝掃除（そうじ）します

哥哥在公司工作。　公司＝会社（かいしゃ）；工作＝働（はたら）きます

第三課 一起動作的對象

日本一年四季都好玩；春天看櫻花、夏天看煙火、秋天吃美食、冬天去滑雪，每個時候都有各自的美。有機會，找個志同道合的好友，一起到日本走走喔！

行為的方式中，某動作一起進行的對象，用「～と」來當作修飾語，以修飾後面的述語。

「と（いっしょに）」（跟…一起）表示一起去做某事的對象。「と」前面是一起動作的人。

所以，「我跟朋友去日本。」日語語順就是，先將表示動作對象助詞的「跟」移到「朋友」後面，然後再將動詞「去」移到句尾就是啦！語順是，

主體は+對象と+動作。

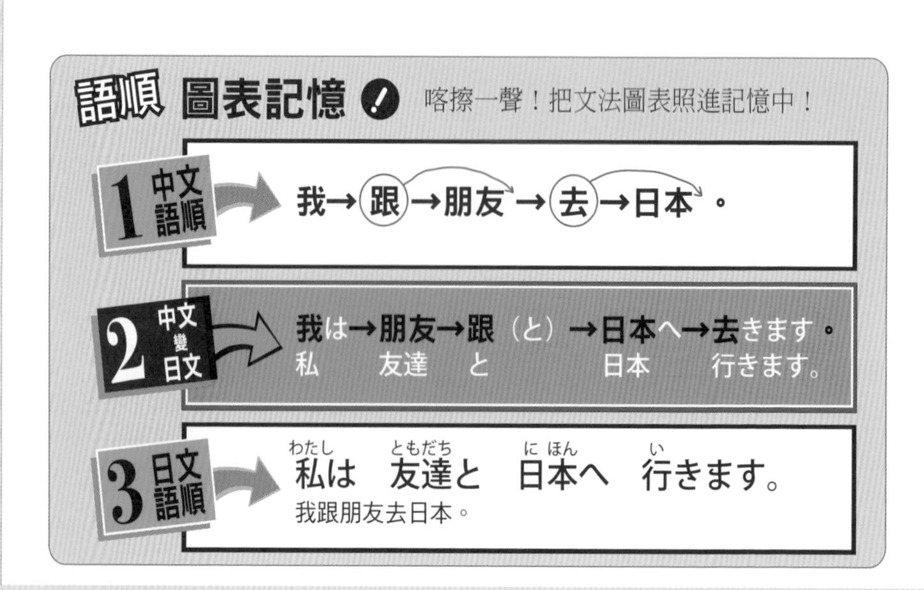

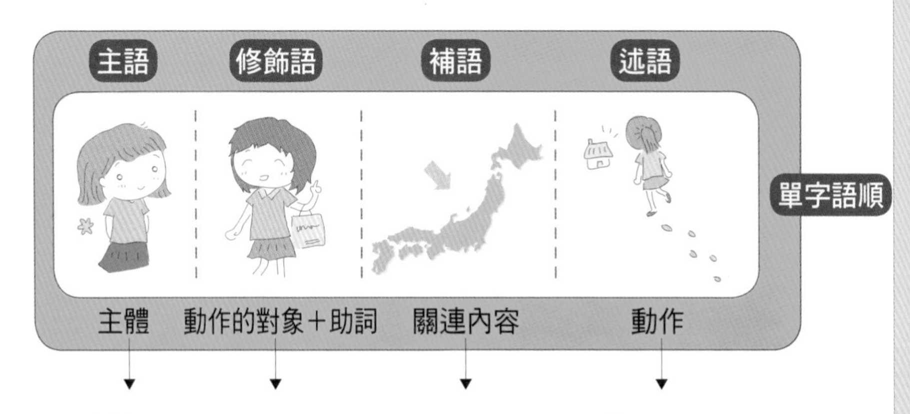

1 私は　　　　　　　　　行きます。我去。

2 私は　　　　　日本へ　行きます。我去日本。

3 私は　友達と　日本へ　行きます。我跟朋友去日本。

看漫畫比比看

修飾語「友達と」是一起去日本的對象，修飾後面的動詞「行きます」。

1 照語順寫句子　依照下面的語順，改成一個完整的日文句子

1. 老師 → 學生 → 跟 → 說話
   話(はな)します

____

2. 店員 → 客人 → 跟 → 打招呼
   店員(てんいん)　客(きゃく)　挨拶(あいさつ)します

____

3. 學長 → 學弟 → 跟 → 跳舞
   先輩(せんぱい)　後輩(こうはい)　踊(おど)ります

____

2 翻譯練習　請把中文句子翻譯成為日文

1.媽媽跟小孩去散步。　　小孩＝子供(こども)；散步＝散歩(さんぽ)

____

2.我跟朋友去補習。　　補習＝塾(じゅく)

____

第四課 道具跟手段

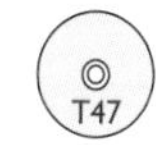

(一) 道具

聽說要去除衣服上面的污漬，可以在洗衣前先將衣服用熱水沖洗一下，去污效果就超強的了！

做一件事情的時候，我們都知道用最省時、有效的方法。這時候就需要輔助的道具了！

做某行為，利用的是什麼道具？行為的方式中，某動作是用什麼道具來進行的？可以用「～で」來當作修飾語，修飾後面的述語。如果句中還有動作的對象，那麼，對象就放在修飾語的後面，述語的前面。

所以，「姊姊用熱水洗衣服。」日語語順就是，先將動詞「洗」移到句尾，再將表示道具的助詞「用」移到「熱水」的後面，就OK啦！語順是，

主體は+道具で+關連內容を+動作。

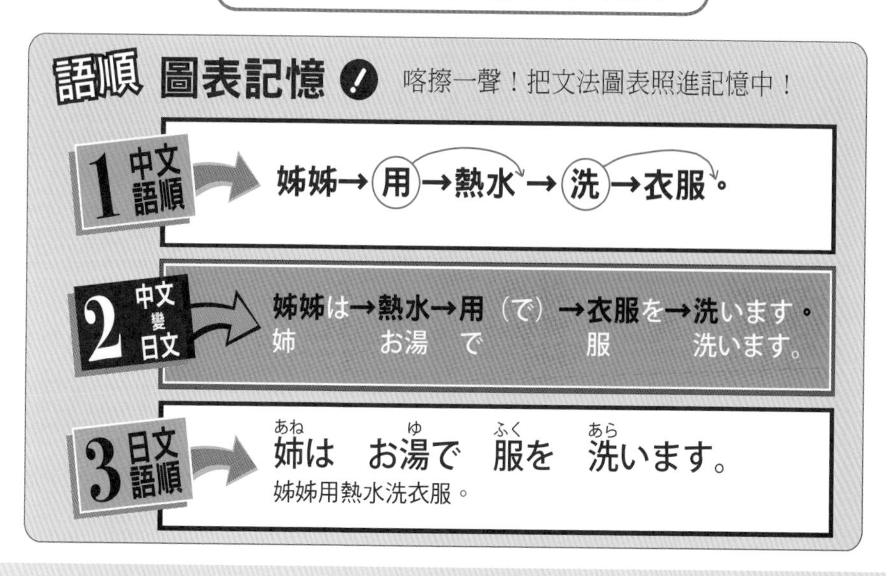

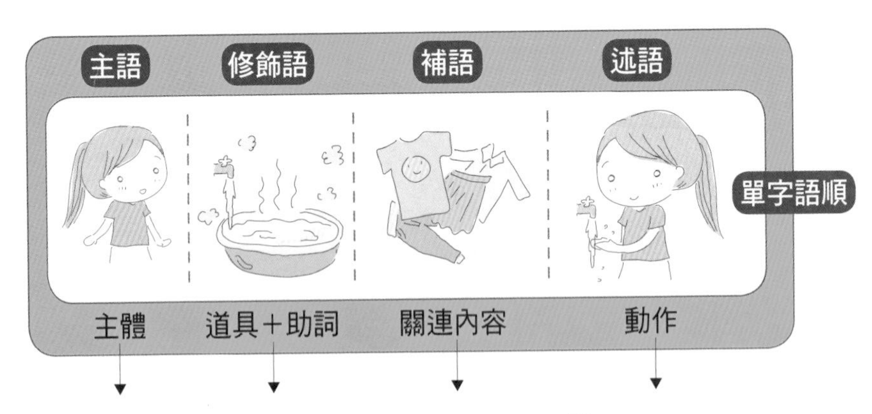

1 姉(あね)は　洗(あら)います。姉姊洗。

2 姉(あね)は　服(ふく)を　洗(あら)います。姊姊洗衣服。

3 姉(あね)は　お湯(ゆ)で　服(ふく)を　洗(あら)います。姊姊用熱水洗衣服。

看漫畫比比看

例句（1）只單純提到「姊姊洗衣服」；例句（2）「お湯で」是「洗います」的道具，也就是從道具這一側面來修飾後面的動作，知道「洗」這個動作的道具是「熱水」。動作對象的「服を」就在修飾語的後面，述語動作的前面。

（二）器具

做某行為，利用的是什麼器具？可以用「～で」來當作修飾語，修飾後面的述語。同樣地，如果句中還有動作的對象，那麼，對象就放在修飾語的後面，述語的前面。

所以，「妹妹用筷子吃飯。」日語語順就是，先將動詞「吃」移到句尾，再將表示器具的助詞「用」移到「筷子」的後面，就可以了啦！語順是，

主體は+器具で+關連內容を+動作。

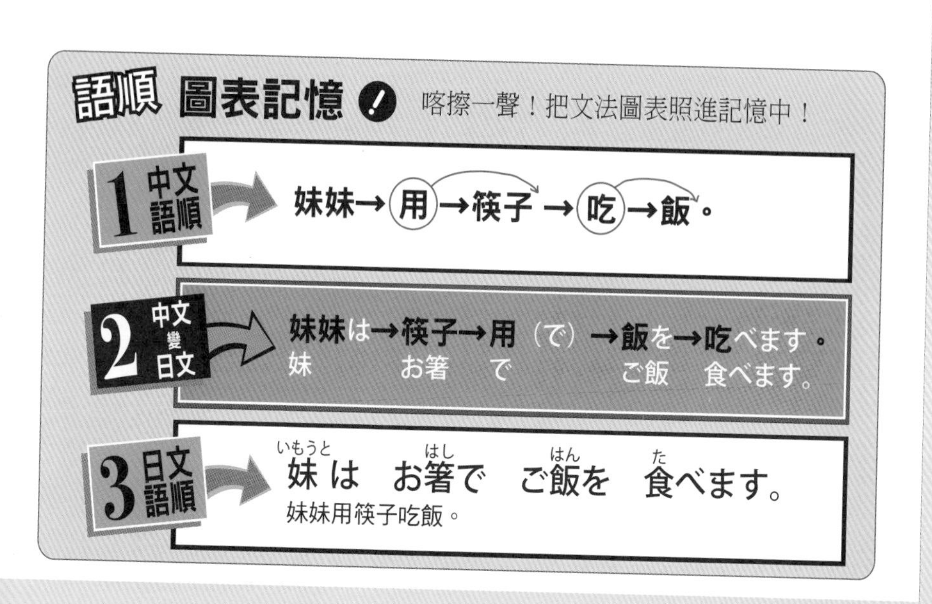

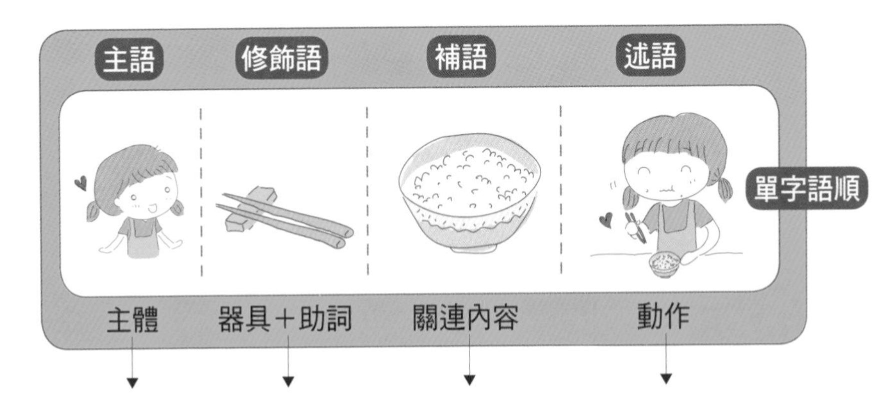

1 妹(いもうと)は　食(た)べます。　妹妹吃。

2 妹(いもうと)は　ご飯(はん)を　食(た)べます。　妹妹吃飯。

3 妹(いもうと)は　お箸(はし)で　ご飯(はん)を　食(た)べます。　妹妹用筷子吃飯。

「お箸で」是「食べます」的器具，也就是從器具這一側面來修飾後面的動作，知道「吃」這個動作的器具是「筷子」。動作對象的「ご飯を」就在修飾語的後面，述語動作的前面。

（三）語言

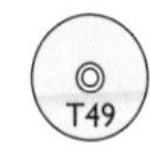

做某行為，使用的是什麼語言？可以用「～で」來當作修飾語，修飾後面的述語。同樣地，如果句中還有動作的對象，那麼，對象就放在修飾語的後面，述語的前面。

因此，「哥哥用日語寫報告。」日語語順就是，先將動詞「寫」移到句尾，再將表示語言的助詞「用」移到「日語」的後面，就可以啦！語順是，

主體は+語言で+關連內容を+動作。

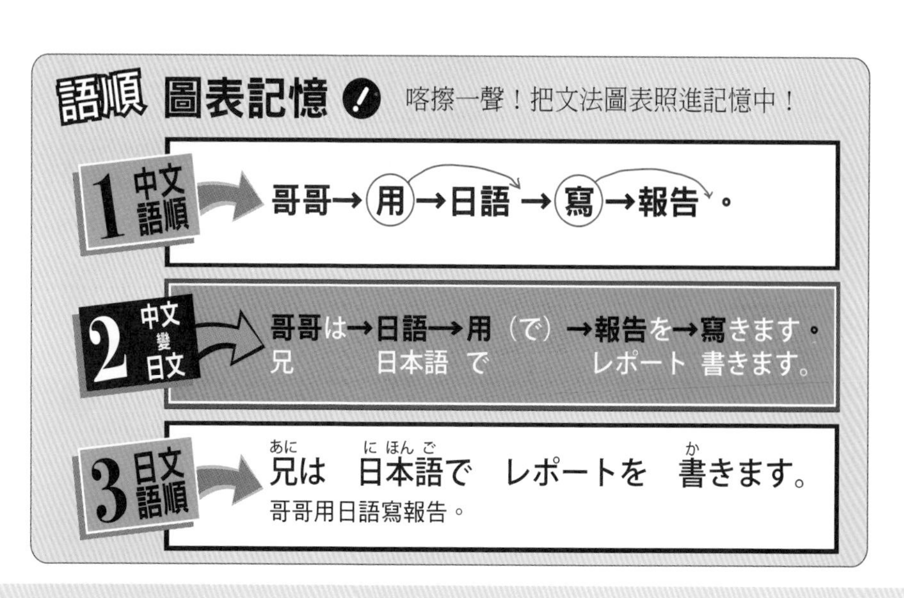

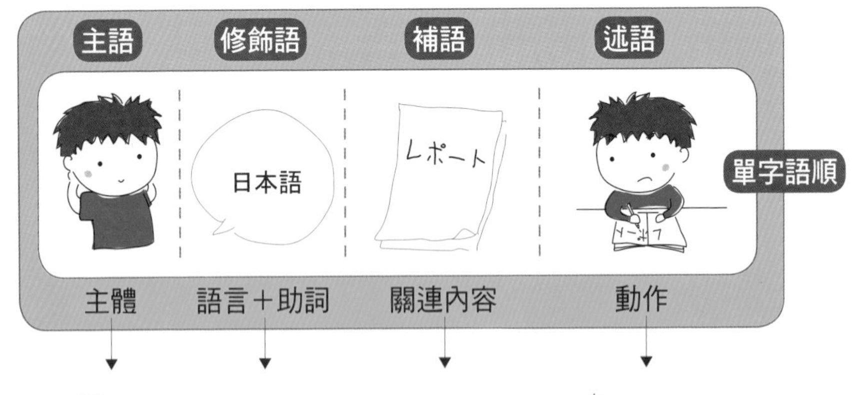

1. 兄(あに)は　　　　　　　　　　　　書(か)きます。　哥哥寫。

2. 兄(あに)は　　　　　　レポートを　書(か)きます。　哥哥寫報告。

3. 兄(あに)は　日本語(にほんご)で　レポートを　書(か)きます。　哥哥用日語寫報告。

「日本語で」是「書きます」所使用的語言，也就是從語言面來修飾後面的動作，知道「寫」這個動作的語言是「日語」。動作對象的「レポートを」，同樣地就在修飾語的後面，述語動作的前面。

（四）手段

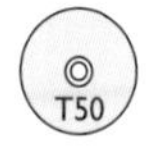

到某處，利用的是什麼交通工具呢？行為的方式中，某動作是用什麼手段、方式來進行的？可以用「～で」來當作修飾語，以修飾後面的述語。如果句中還有到達目的地，那麼，目的地就放在修飾語的後面，述語的前面。

所以，「爸爸坐車去大阪。」日語語順就是，先將表示手段的助詞「坐」移到「車」的後面，再將動詞「去」移到句尾，就可以了啦！語順是，

主體は+手段で+關連內容へ等+動作。

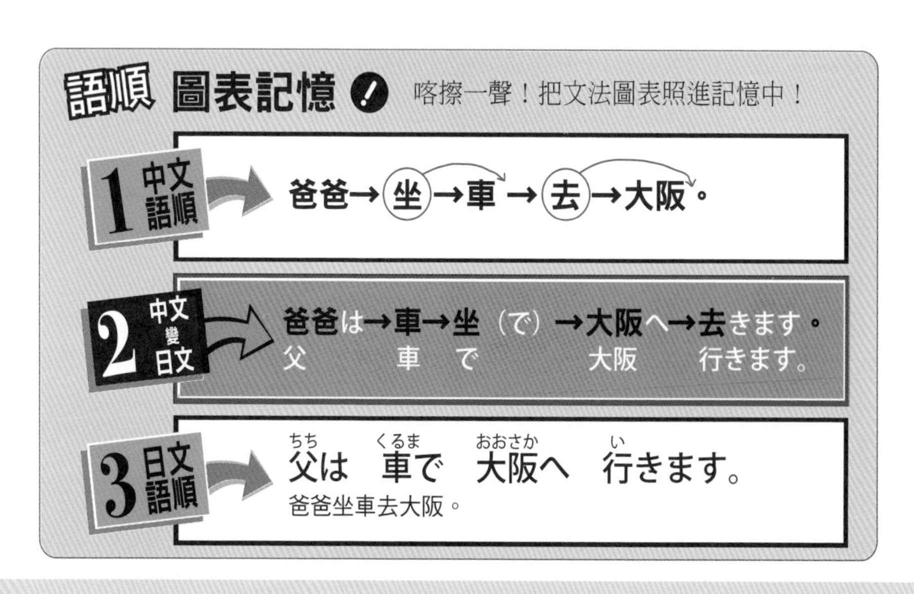

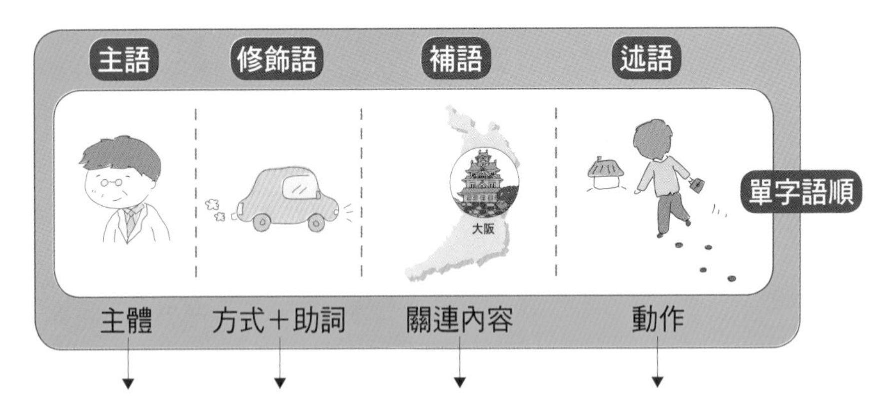

1 父(ちち)は　行(い)きます。爸爸去。

2 父(ちち)は　大阪(おおさか)へ　行(い)きます。爸爸去大阪。

3 父(ちち)は　車(くるま)で　大阪(おおさか)へ　行(い)きます。爸爸坐車去大阪。

看漫畫比比看

例句（1）只簡單提到「爸爸去大阪」；例句（2）「車で」是「行きます」的手段，知道「去」這個動作的手段是「搭車」。

1 照語順寫句子 依照下面的語順，改成一個完整的日文句子

1. 妻子 → 水果 → 用 → 果汁 →做

水果：果物（くだもの）　果汁：ジュース

2. 學生 → 日文 → 用 → 日記 →寫

日記：日記（にっき）

2 排排看 請把盒子裡的字，排成正確的句子

1.

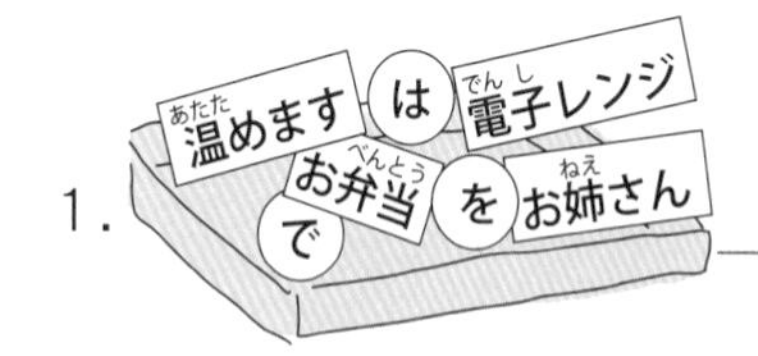

温（あたた）めます＝加熱；お弁当（べんとう）＝便當；電子（でんし）レンジ＝微波爐

2.

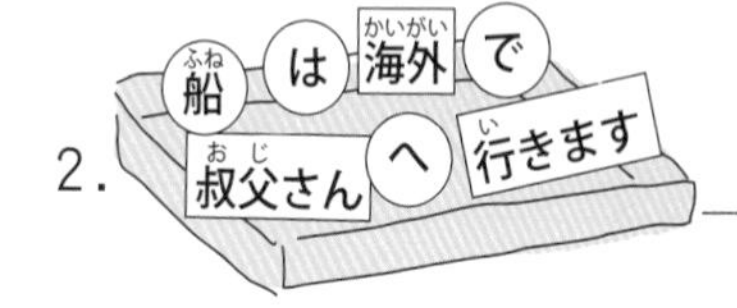

船（ふね）＝船

3 翻譯練習 請把中文句子翻譯成為日文

1. 妹妹用鉛筆寫字。

鉛筆＝鉛筆（えんぴつ）

2. 大學生用英語唱歌。

大學生＝大学生（だいがくせい）

第五課　狀況

您吃飯是像慢郎中一樣，慢斯條理的吃呢？還是像急驚風一般，囫圇吞棗般地快快吃呢？表示某行為、動作發生的狀況，也是修飾語。這修飾語也是用來限定後面的述語的。

表示狀況常用的有，副詞「ゆっくり」（慢慢地）跟「はやく」（快快地）。如果句中有動詞的補語，那麼，表示頻度的副詞一般是在補語之前。

「慢慢吃飯吧！」日語語順是，把動詞「吃」移到句尾的「吧」之前。語順是，

狀況+關連內容を+動作。

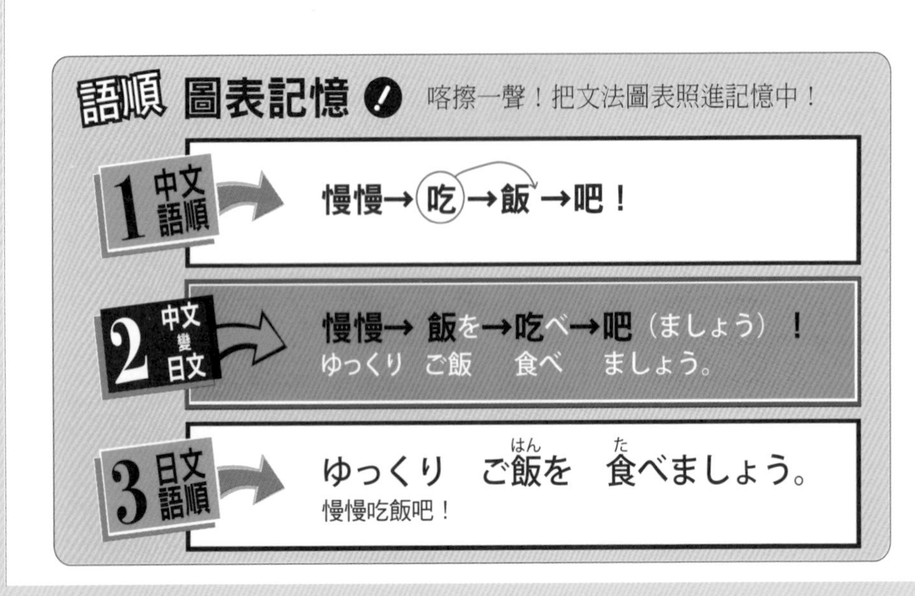

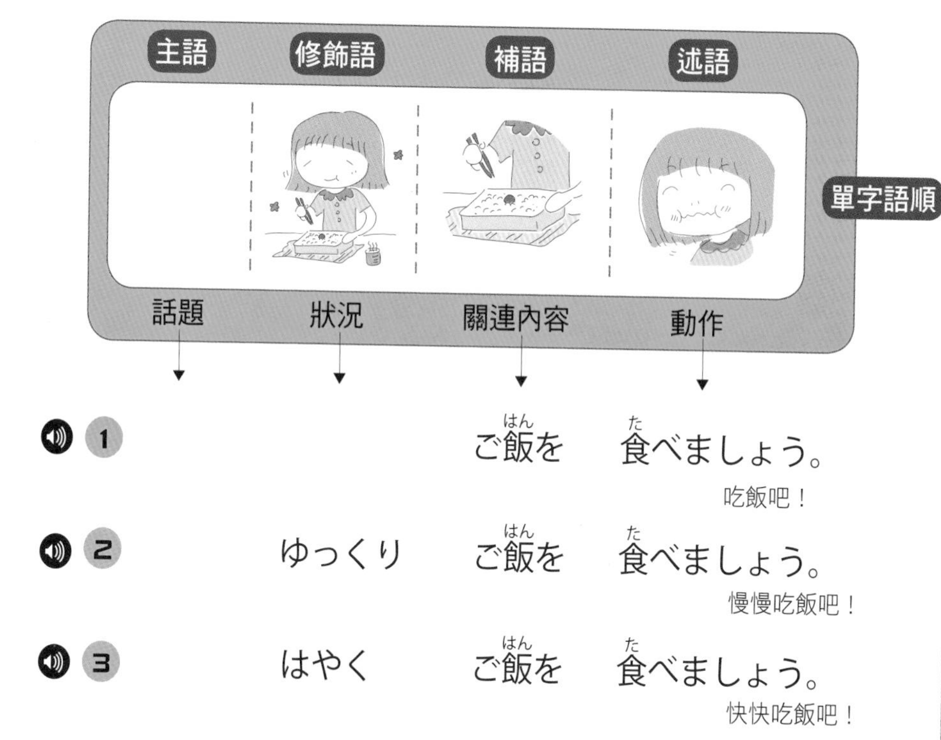

看漫畫比比看

例句（1）修飾語「ゆっくり」從行為的狀況上，來限定動作「食べます」，知道「吃」這個動作是「慢慢進行」；例句（2）修飾語「はやく」也是從行為的狀況上，來限定動作「食べます」，知道「吃」這個動作是「快快進行的」。

1 照語順寫句子　依照下面的語順，改成一個完整的日文句子

1. 笑 → ～邊～邊 → 跳舞 → 了

   笑（わら）います　ながら

   ____

2. 好好地 → 發音 → 練習 → 吧

   よく　発音（はつおん）　練習（れんしゅう）します

   ____

3. 小些 → 字 → 寫 → 吧

   小（ちい）さい　字（じ）

   ____

2 翻譯練習　請把中文句子翻譯成為日文

1. 頭髮剪短些吧！

   短些＝短（みじか）い；頭髮＝髪（かみ）；剪下＝切（き）ります

   ____

2. 快樂地工作吧！

   快樂地＝楽（たの）しい

   ____

第六課　數量、頻度跟程度

（一）數量

日本人有時候吃餃子要配白飯，吃牛排也要配白飯，可以知道日本人是多麼愛吃白飯了。那也是因為白飯好吃啦！想到日本那又香又Q的白飯，剛打開電鍋那一剎那，忍不住就要吞口水了。

吃飯的時候，一次吃幾碗啦！也就是某行為進行的數量，要放在行為述語的前面，來修飾述語。這個數量一般是由「數字＋量詞」構成的，如「二杯」（兩碗）。

中文說「我吃兩碗飯」，先按照日語語順中，動詞老愛跟在後面的習性，把動詞「吃」往句尾移，然後再把表示數量的「兩碗」放在動詞的前面，就大功告成啦！語順是，

主體は+ 對象を+花費數量+動作。

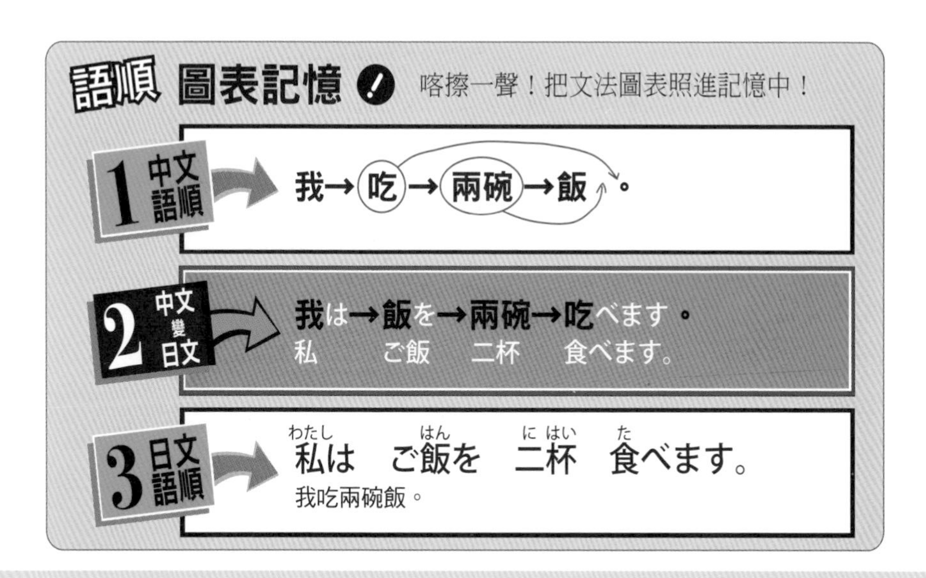

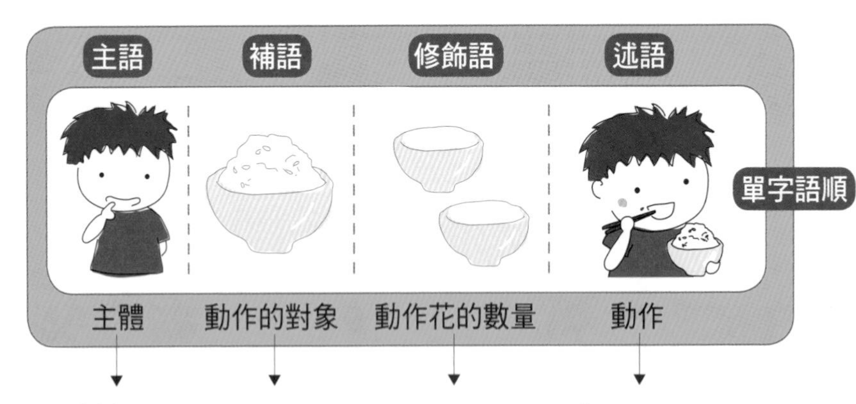

1　私は　食べます。　我吃。

2　私は　ご飯を　食べます。　我吃飯。

3　私は　ご飯を　二杯　食べます。　我吃兩碗飯。

修飾語「二杯」從行為所花的數量上來修飾、限定動作「食べます」，讓動作的意思更清楚。

看漫畫比比看

例句（1）只是平鋪直述「我吃飯」；例句（2）加入「二杯」在述語「食べます」之前，知道是「吃兩碗」。

(二) 頻度

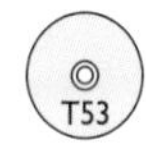

多久喝一次牛奶啦！一個月看幾次電影啦！一年出國了幾次啦！表示某動作的發生的頻度，也是修飾語。用來修飾後面的述語。

表示頻度常用的有，副詞「時々」（偶爾）還有「いつも」（經常）。如果句中有動詞的補語，那麼表示頻度的副詞，一般是在補語之前。

要說「我偶爾喝牛奶。」日語語順，當然是把動詞「喝」往句尾移，表示頻度的副詞「偶爾」保持在補語「牛奶」前就行啦！語順是，

主體は+頻度+關連內容を+動作。

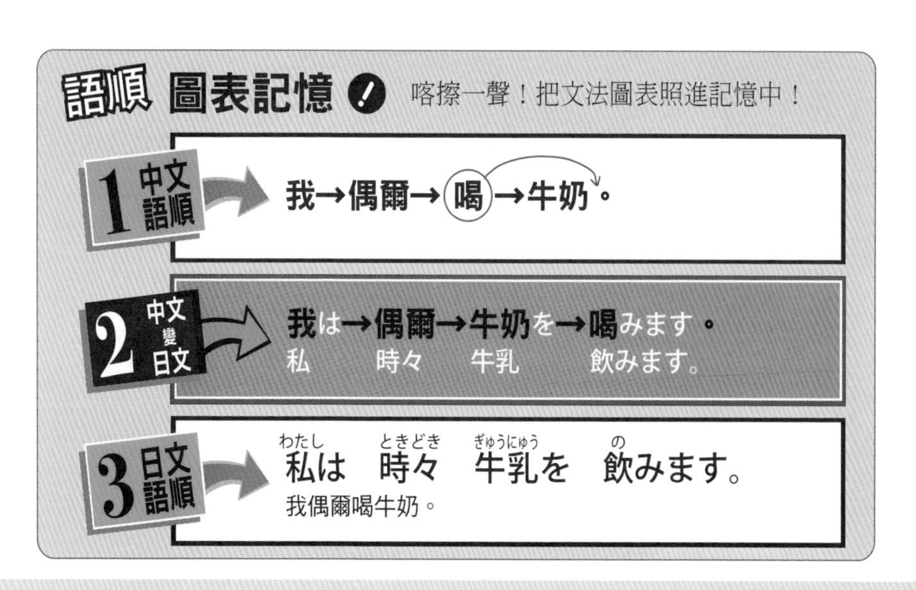

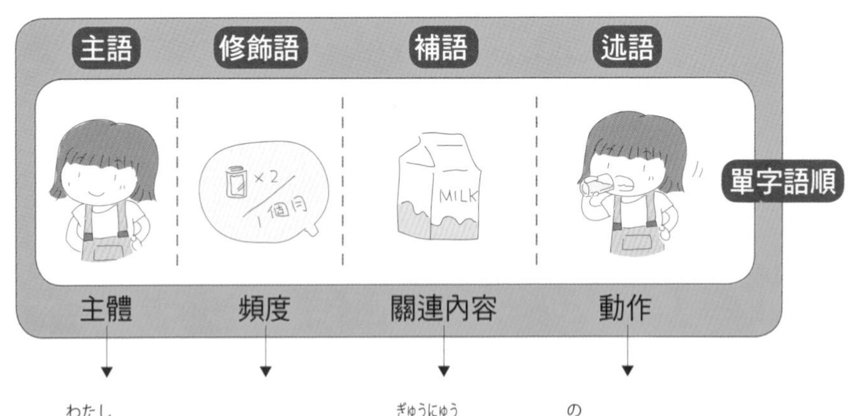

1. 私（わたし）は　牛乳（ぎゅうにゅう）を　飲（の）みます。我喝牛奶。
2. 私（わたし）は　時々（ときどき）　牛乳（ぎゅうにゅう）を　飲（の）みます。我偶爾喝牛奶。
3. 私（わたし）は　いつも　牛乳（ぎゅうにゅう）を　飲（の）みます。我經常喝牛奶。

看漫畫比比看

例句（1）頻度修飾語「時々」從行為的頻度上，來限定動作「飲みます」，知道「喝」這個動作是「偶爾才做的」；例句（2）頻度修飾語「いつも」也是從行為的頻度上，來限定動作「飲みます」，知道「喝」這個動作是「經常做的」。

（三）程度1

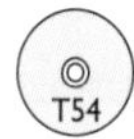

形容詞述語，所提示的話題（主語），到底某狀態的程度有多少呢？對於形容的內容想要更詳細的說明，就需要表示程度的副詞，來修飾形容詞述語了。

其中，最常用的有副詞「とても」，相當於中文的「很」、「非常」、「挺」、「極」。

例如「とても高いです。」（非常高），其中「とても」是從程度面來修飾用言形容詞的「高い」，所以叫做程度用言修飾。日語的修飾句中，語順是「修飾語＋被修飾語」。

因此「那座山很高。」的日語語順跟中文一樣，位置不用移動。簡單吧！

話題は+程度+形容。

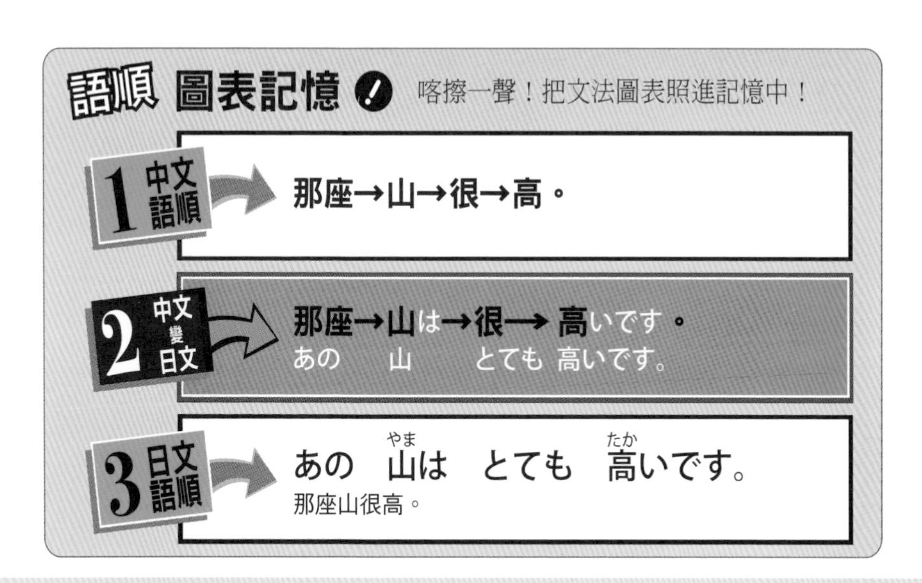

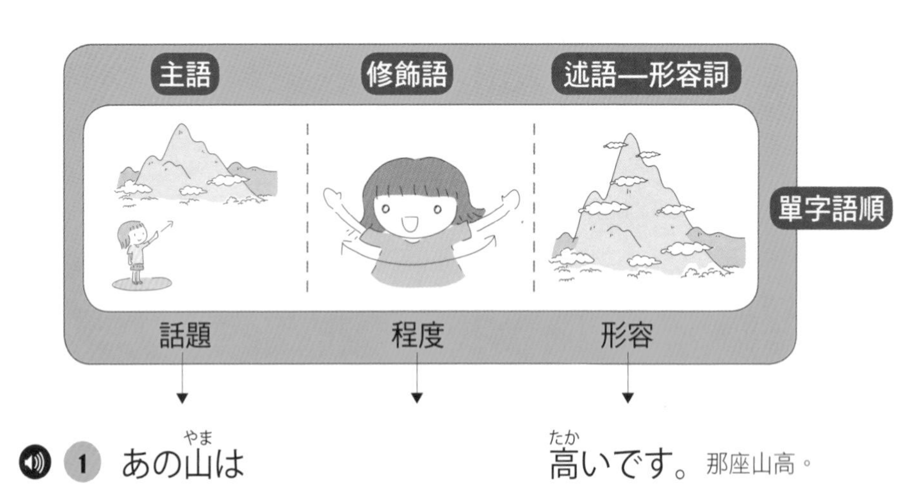

1 あの山(やま)は 高(たか)いです。那座山高。

2 あの山(やま)は とても 高(たか)いです。那座山很高。

「とても」表示程度極端的高，也就是現在的年輕人，常說的「超」的意思。位置是在形容詞述語之前。

看漫畫比比看

例句（1）常見的中文翻譯是「那座山（很）高。」，這裡的「很」，並沒有意義，只是為了讓形容詞句的中文翻譯，能表現得更完整，而加上去的。

例句（2）中文翻譯也是「那座山很高。」，由於多加入了程度副詞「とても」來修飾後面的形容詞述語「高い」，知道高度上真的是「很高的」。

（四）程度2

至於形容動詞述語，所提示的話題（主語），到底某狀態的程度有多少呢？

跟形容詞一樣，也是需要表示程度的副詞，來修飾形容動詞述語了。其中，程度副詞的「いちばん」，也常被使用，它相當於中文的「最」、「頂」的意思。

「我最喜歡秋天。」由於加入了補語「秋天」，根據補語要在述語之前，程度修飾語要緊接在述語之前，所以形容詞述語「喜歡」是在句尾，程度修飾語的「最」是放在「喜歡」之前，語順是，

主體は+對象が+程度+形容。

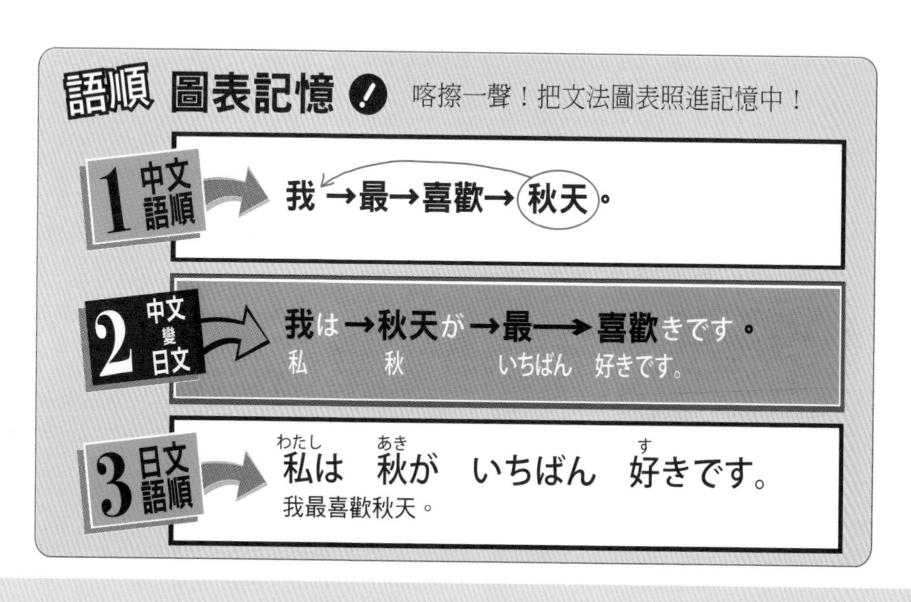

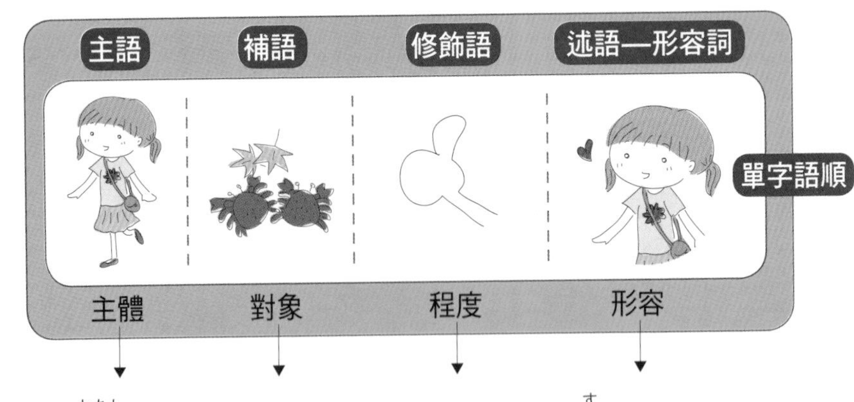

1 私（わたし）は　　　　好（す）きです。我喜歡。

2 私（わたし）は　秋（あき）が　　　　好（す）きです。我喜歡秋天。

3 私（わたし）は　秋（あき）が　いちばん　好（す）きです。我最喜歡秋天。

例句（2）修飾語「いちばん」（最），從程度面來修飾、限定形容詞述語「好きです」，知道主語「私は」在四個季節中，「最」喜歡秋天了。

看漫畫比比看

例句（1）加上補語「秋が」，知道喜歡的對象是秋天；例句（2）再加上「いちばん」（最），知道我是「最」喜歡秋天了。

1 照語順寫句子　依照下面的語順，改成一個完整的日文句子

1. 那 → 冰箱 → 很 → 新
　　冷蔵庫（れいぞうこ）　新しい（あたらしい）

---

2. 那個 → 模特兒 → 很→酷
　　モデル　かっこういい

---

3. 我 → 偶爾 → 卡拉OK → 唱
　　ときどき　カラオケ

---

2 翻譯練習　請把中文句子翻譯成為日文

1. 他喝三瓶啤酒。　三瓶＝三本（さんぼん）

---

2. 孩子常吃蔬菜。　(經) 常＝よく；蔬菜＝野菜（やさい）

第七課 行為的目的

某行為是為誰而做的呢？那一行為的目的是修飾語，要放在動詞述語前面，來修飾述語。這一修飾語，要接形式名詞「ため」（為了）。「ため」如果前面接的是名詞就要用「のために」的形式。

要說，「我為她努力。」日語語順是，將「為」移到「她」的後面，就可以啦！語順是，

主體は+目的のために+動作。

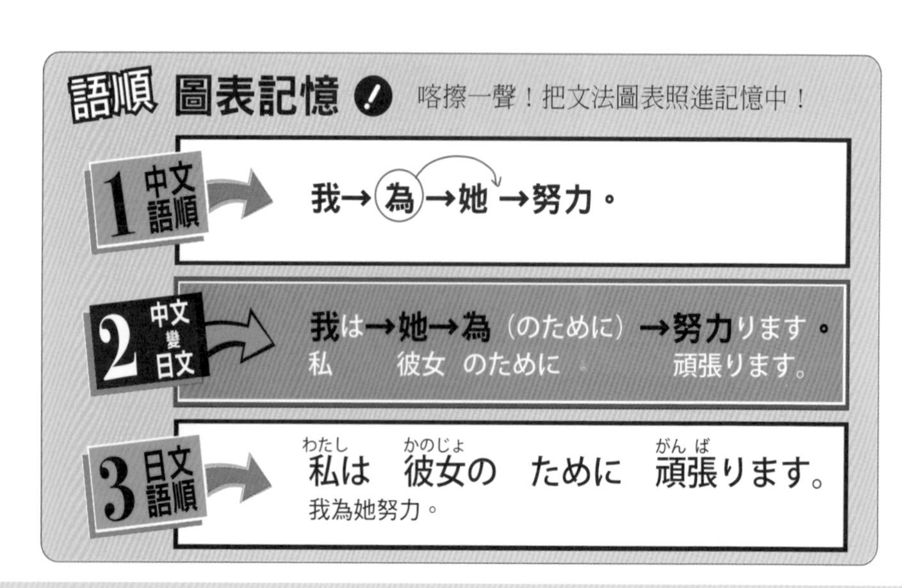

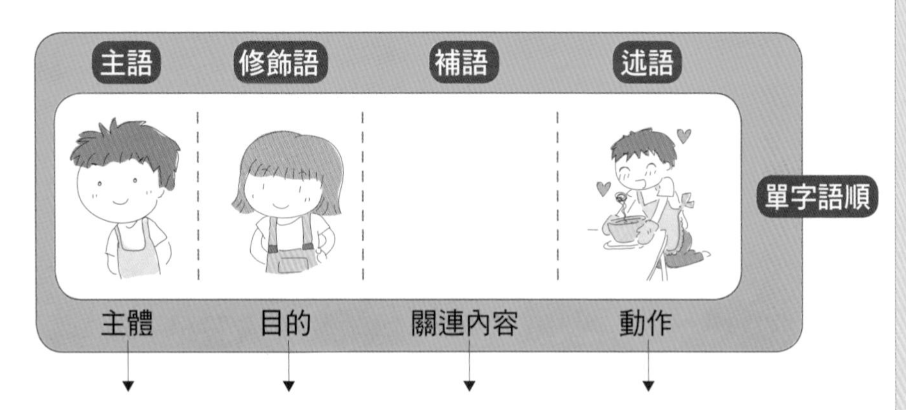

1 私(わたし)は　頑張(がんば)ります。

我努力。

2 私(わたし)は　彼女(かのじょ)のために　頑張(がんば)ります。

我為她努力。

3 私(わたし)は　病気(びょうき)のために　学校(がっこう)を　休(やす)みます。

我因為生病，
沒去學校。

「彼女のために」跟「病気のために」各表示「頑張ります」跟「休みます」這些行為的目的。也就是行為目的的用言修飾。

1 照語順寫句子 依照下面的語順，改成一個完整的日文句子

1. 爸爸 → 哥哥 → 為了 → 西裝 → 買
   西裝：スーツ

____

2. 他 → 她 → 為了 → 煙 → 戒 → 了
   煙：タバコ　戒：止（や）めます

____

3. 我 → 孩子 → 為了 → 點心 → 買
   孩子：子供（こども）　點心：おやつ　買：買（か）います

____

2 翻譯練習 請把中文句子翻譯成為日文

1. 父母為了孩子工作。　　父母＝親（おや）

____

2. 我因為受傷而沒去上班。　　受傷＝怪我（けが）

____

第八課 原因

某行為發生的原因為何呢？那一行為的原因是修飾語，要放在動詞述語的前面，來修飾述語。這一修飾語要接助詞「で」（因為）還有「から」（因為）。

要說，「我因為感冒缺席。」日語語順是，將「因為」移到「感冒」的後面，就可以啦！語順是，

主體は+原因で、から+行為。

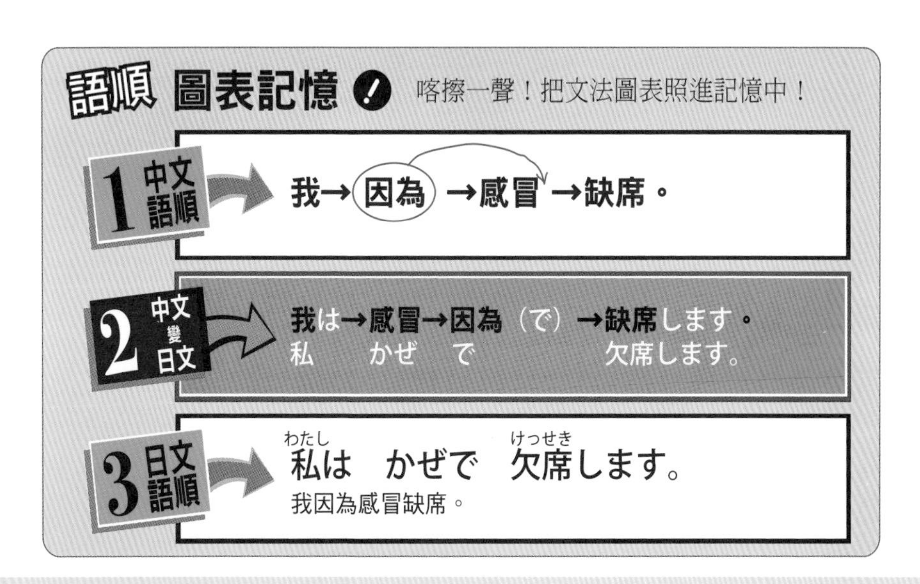

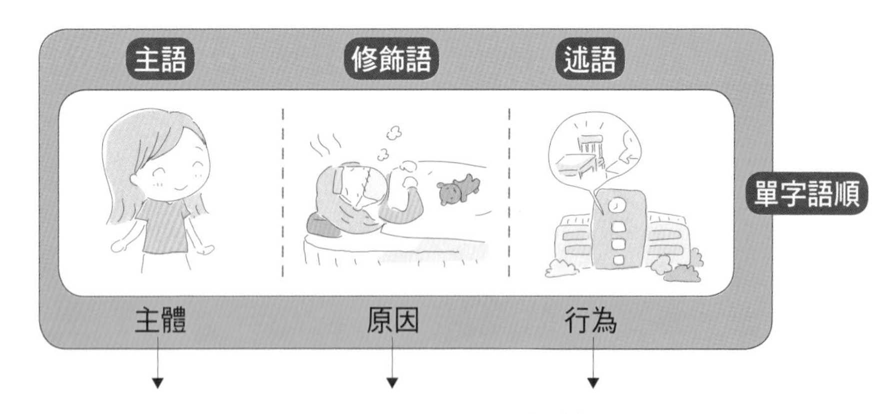

1 私(わたし)は　かぜで　欠席(けっせき)します。　我因為感冒（而）缺席。

2 村(むら)は　台風(たいふう)で　流(なが)されました。　村子因為颱風而被沖走了。

3 これは　いい本(ほん)だから、　買(か)いました。　因為這是好書，我買了。

「かぜで」、「台風で」跟「いい本だから」各表示「欠席します」、「流されました」跟「買いました」這些行為的原因。也就是行為原因的用言修飾。

造成某事態的原因，一般用「で」（因為）；表示那一原因是造成整個事態的根源，側重在因果關係中的原因，一般用「から」。

1 照語順寫句子　依照下面的語順，改成一個完整的日文句子

1. 那是 → 很有趣的 → 偶像劇 → 因為 → （我）要看。
   偶像劇＝ドラマ

____

2. 書 → 地震 → 因為（而）→ 掉下來 → 了。
   地震＝地震（じしん）　掉下來＝落（お）ちます

____

3. 老師 → 打雷 → 因為（而）→ 被嚇到 → 了
   打雷＝雷（かみなり）　被嚇到＝驚（おどろ）きます

____

2 翻譯練習　請把中文句子翻譯成為日文

1. 我因為遲到被罵了。　被罵了＝怒（おこ）ります

____

2. 因為今天是好天氣，出門去。　天氣＝天気（てんき）

____

MEMO

答對了嗎？

練習問題解答

練習問題解答

STEP 1 先弄懂一下

第五課　*p19*

照語順寫句子

1. 彼女(かのじょ)は音楽(おんがく)を聴(き)きます。
   她聽音樂。
2. 彼(かれ)は日本語(にほんご)を教(おし)えます。
   他教日語。
3. 私(わたし)はご飯(はん)をゆっくり食(た)べます。
   我慢慢地吃飯。

排排看

1. 私(わたし)はジュースを飲(の)みます。
   我喝果汁。
2. あなたはお皿(さら)を洗(あら)います。
   你洗盤子。

STEP 2 基本句型

第一課　*p34*

照語順寫句子

1. 風(かぜ)が吹(ふ)きました。
   風吹了
2. お兄(にい)さんは彼女(かのじょ)とデートしました。
   哥哥和她約會了。
3. 八百屋(やおや)は花子(はなこ)に大根(だいこん)を売(う)りました。
   蔬果店賣了菜頭給花子。

排排看

1. お母(かあ)さんは子供(こども)に宿題(しゅくだい)を教(おし)えます。
   媽媽給小孩教功課。
2. お父(とう)さんはビールを買(か)います。
   爸爸買啤酒。

第二課　*p44*

排排看

1. 家(いえ)は学校(がっこう)に遠(とお)いです。
   家離學校很遠。
2. お母(かあ)さんは歴史(れきし)に詳(くわ)しいです。
   媽媽對歷史很瞭解。

翻譯練習

1. 海(うみ)が青(あお)いです。
2. 車(くるま)が便利(べんり)です。
3. 山(やま)がきれいです。

第三課　*p50*

照語順寫句子

1. ここはデパートです。
   這裡是百貨公司。
2. これはりんごです。
   這是蘋果。
3. あれは私(わたし)のノートです。
   那是我的筆記本。

排排看

1. あそこはトイレです。
   那裡是廁所。
2. 鈴木(すずき)さんはサラリーマンです。
   鈴木先生／小姐是上班族。

翻譯練習

1. お父(とう)さんは社長(しゃちょう)です。
2. これは財布(さいふ)です。

STEP 3 補語＋述語

第一課 *p57*

照語順寫句子

1. バスは病院(びょういん)を通(とお)ります。
   公車經過醫院。
2. 叔父(おじ)さんはタバコを吸(す)います。
   叔叔抽煙。
3. 弟(おとうと)は顔(かお)を洗(あら)います。
   弟弟洗臉。

排排看

1. お祖父(じい)さんは公園(こうえん)を散歩(さんぽ)します。
   爺爺在公園散步。
2. 猫(ねこ)がねずみを追(お)いかけます。
   貓追老鼠。

第二課 *p62*

照語順寫句子

1. 彼(かれ)は教授(きょうじゅ)と会(あ)います。
   他跟教授見面。
2. 私(わたし)たちは彼(かれ)にプレゼントをあげました。
   我們送了禮物給他。
3. 僕(ぼく)は彼女(かのじょ)にメールを送(おく)りました。
   我寄電子郵件給她了。

排排看

1. 私(わたし)は先生(せんせい)と相談(そうだん)します。
   我跟老師商量。
2. 太郎(たろう)は友人(ゆうじん)に本(ほん)を貸(か)しました。
   太郎借了書給朋友。

第三課 *p67*

照語順寫句子

1. 私(わたし)は学校(がっこう)に行(い)きます。
   我到學校。
2. 弟(おとうと)は海(うみ)へ泳(およ)ぎに行(い)きます。
   弟弟去海邊游泳。
3. 山下(やました)さんは八百屋(やおや)へ買(か)い物(もの)に行(い)きます。
   山下先生去蔬果店買東西。

排排看

1. 私(わたし)は遊園地(ゆうえんち)に行(い)きます。
   我到遊樂園。
2. お父(とう)さんは銀座(ぎんざ)へ飲(の)みに行(い)きます。
   爸爸去銀座喝酒。

第四課 *p74*

照語順寫句子

1. 教室(きょうしつ)に生徒(せいと)がいます。
   教室有學生。
2. 男(おとこ)の子(こ)はケータイがあります。
   男孩子有手機。

排排看

1. 病院(びょういん)に医者(いしゃ)がいます。
   醫院裡有醫生。
2. 女(おんな)の子(こ)はボールペンがあります。
   女孩子有原子筆。

翻譯練習

1. そこに冷蔵庫(れいぞうこ)があります。
2. 家(いえ)に犬(いぬ)がいます。

第五課 *p78*

照語順寫句子

1. 男(おとこ)の人(ひと)はソファーに座(すわ)ります。
   男人坐到沙發。
2. お兄(にい)さんはトンネルから出(で)ます。
   哥哥從隧道出來。

排排看

1. お母(かあ)さんは部屋(へや)に入(はい)ります。
   媽媽進去房間。

2. 花子は郵便局へ行きます。

花子往郵局去。

翻譯練習

1. 私はバスを降ります。
2. 私は海外へ行きます。

第六課　*p81*

照語順寫句子

1. 髪が長くなりました。

頭髮變長了。

2. 弟がハンサムになりました。

弟弟變帥了。

排排看

1. 先輩は作家になりました。

前輩當了作家。

2. お祖母さんは元気になりました。

奶奶變健康了。

翻譯練習

1. 子供の服は汚くなりました。
2. 妹は音楽家になりました。

第七課　*p85*

照語順寫句子

1. ガラスで椅子を作ります。

用玻璃做椅子。

2. ワインは葡萄から作られました。

葡萄酒是從葡萄製成的。

排排看

1. バナナでデザートを作ります。

用香蕉做甜點。

2. パンは小麦粉から作られました。

麵包是從麵粉製成的。

翻譯練習

1. 木で箸を作ります。
2. お酒は米から作られました。

第八課　*p89*

照語順寫句子

1. 今日は昨日より寒いです。

今天比昨天寒冷。

2. 韓国語は日本語と似ています。

韓語很像日語。

排排看

1. 町は田舎より賑やかです。

城市比鄉下熱鬧。

2. 弟はお母さんに似ています。

弟弟很像媽媽。

翻譯練習

1. これはそれより易しいです。
2. あの人は私の友達に似ています。

STEP 4　變形句

第一課　*p92*

照語順寫句子

1. 今、大雨が降っています。

現在正在下大雨。

2. おととい、地震が起きました。

前天有了地震。

排排看

1. 日曜日、気温が下がります。

禮拜天氣溫會下降。

2. 昨日、台風が来ました。

昨天颱風來了。

翻譯練習

1. 先週、雪が降りました。

2. あさって、風(かぜ)が吹(ふ)きます。

第二課　*p95*

照語順寫句子

1. 一緒(いっしょ)に歌(うた)を歌(うた)いませんか。
   要不要一起唱歌？
2. 一緒(いっしょ)に家(いえ)に帰(かえ)りましょう。
   一起回家吧。

排排看

1. 一緒(いっしょ)に電車(でんしゃ)に乗(の)りましょう。
   一起搭電車吧。
2. 一緒(いっしょ)にテレビを見(み)ませんか。
   要不要一起看電視？

翻譯練習

1. 一緒(いっしょ)にゲームを遊(あそ)びませんか。
2. 一緒(いっしょ)に彼(かれ)を待(ま)ちましょう。

第三課　*p102*

照語順寫句子

1. 私(わたし)はラジオを聴(き)きたいです。
   我想聽廣播。
2. みんなは時間(じかん)がほしいです。
   大家想要有時間。

排排看

1. 大人(おとな)はマイカーを買(か)いたがります。
   大人想要買自用車。
2. 私(わたし)たちは犬(いぬ)がほしいです。
   我們想要（養）狗。

翻譯練習

1. 彼(かれ)はかばんを買(か)いたがります。
2. お姉(ねえ)さんはスカートがほしいです。

第四課　*p109*

照語順寫句子

1. 主人(しゅじん)はカレーが作(つく)られます。
   老公會做咖哩。
2. お姉(ねえ)さんは洋服(ようふく)を作(つく)ることができます。
   姊姊會做衣服。

排排看

1. お母(かあ)さんはコンピューターが使(つか)えます。
   媽媽會使用電腦。
2. 林(リン)さんは納豆(なっとう)が食(た)べられます。
   林先生敢吃納豆。

翻譯練習

1. 私(わたし)はバレエが踊(おど)れます。
2. 先生(せんせい)は小説(しょうせつ)が書(か)けます。

STEP 5　用言修飾語+述語

第一課　*p118*

照語順寫句子

1. 彼女(かのじょ)は夜(よる)１１時(じゅういちじ)から朝(あさ)7時(しちじ)まで寝(ね)ました。
   她從晚上11點睡到了早上7點。
2. バイオリンは三年間(さんねんかん)習(なら)いました。
   學了三年小提琴。

排排看

1. お兄(にい)さんは9時(くじ)から運動(うんどう)します。
   家兄從9點開始運動。
2. 私(わたし)は夕方(ゆうがた)から夜(よる)まで料理(りょうり)します。
   我從傍晚開始做菜到晚上。

翻譯練習

1. 友達(ともだち)は明日(あした)退院(たいいん)します。
2. 赤(あか)ちゃんは１２月1日(じゅうにがつついたち)に生(う)まれました。

第二課　*p125*

照語順寫句子

1. 新宿(しんじゅく)から原宿(はらじゅく)まで歩(ある)きます。
   從新宿走路到原宿。
2. みんなは焼肉(やきにく)しか食(た)べません。
   大家只吃燒肉。

排排看

1. 私(わたし)は日本(にほん)で勉強(べんきょう)しました。
   我在日本唸了書。
2. りんごは二(ふた)つだけあります。
   蘋果只有兩個。

翻譯練習

1. 私(わたし)は台所(だいどころ)から掃除(そうじ)します。
2. お兄(にい)さんは会社(かいしゃ)で働(はたら)きます。

第三課　*p128*

照語順寫句子

1. 先生(せんせい)は学生(がくせい)と話(はな)します。
   老師跟學生說話。
2. 店員(てんいん)は客(きゃく)と挨拶(あいさつ)します。
   店員跟客人打招呼。
3. 先輩(せんぱい)は後輩(こうはい)と踊(おど)ります。
   學長跟學弟跳舞。

翻譯練習

1. お母(かあ)さんは子供(こども)と散歩(さんぽ)へ行(い)きます。
2. 私(わたし)は友達(ともだち)と塾(じゅく)へ行(い)きます。

第四課　*p137*

照語順寫句子

1. 奥(おく)さんは果物(くだもの)でジュースを作(つく)ります。
   妻子用水果做果汁。
2. 学生(がくせい)は日本語(にほんご)で日記(にっき)を書(か)きます。
   學生用日文寫日記。

排排看

1. お姉(ねえ)さんは電子(でんし)レンジでお弁当(べんとう)を温(あたた)めます。
   姊姊用微波爐加熱便當。
2. 叔父(おじ)さんは船(ふね)で海外(かいがい)へ行(い)きます。
   叔叔搭船去國外。

翻譯練習

1. 妹(いもうと)さんは鉛筆(えんぴつ)で字(じ)を書(か)きます。
2. 大学生(だいがくせい)は英語(えいご)で歌(うた)を歌(うた)います。

第五課　*p140*

照語順寫句子

1. 笑(わら)いながら踊(おど)りました。
   邊笑邊跳舞了。
2. よく発音(はつおん)を練習(れんしゅう)しましょう。
   好好地練習發音吧。
3. 小(ちい)さく字(じ)を書(か)きましょう。
   字寫小些吧！

翻譯練習

1. 短(みじか)く髪(かみ)を切(き)りましょう。
2. 楽(たの)しく仕事(しごと)をしましょう。

第六課　*p149*

照語順寫句子

1. あの冷蔵庫(れいぞうこ)はとても新(あたら)しいです。
   那冰箱很新。
2. あのモデルはとてもかっこういいです。
   那個模特兒很酷。
3. 私(わたし)はときどきカラオケを歌(うた)います。
   我偶爾唱卡拉OK。

翻譯練習

1. 彼(かれ)はビールを三本(さんぼん)飲(の)みます。
2. 子供(こども)はよく野菜(やさい)を食(た)べます。

第七課　*p152*

照語順寫句子

1. お父(とう)さんはお兄(にい)さんのためにスーツを買(か)います。
   爸爸為了哥哥買西裝。
2. 彼(かれ)は彼女(かのじょ)のためにタバコを止(や)めました。
   他為了她戒煙了。
3. 私(わたし)は子供(こども)のためにおやつを買(か)います。
   我為了孩子買點心。

翻譯練習

1. 親(おや)は子供(こども)のために働(はたら)きます。
2. 私(わたし)は怪我(けが)のために会社(かいしゃ)を休(やす)みます。

第八課　*p155*

照語順寫句子

1. あれは面白(おもしろ)いドラマだから、見(み)ます。
   因為那是很有趣的偶像劇，（我）要看。
2. 本(ほん)は地震(じしん)で落(お)ちました。
   書因為地震而掉下來了。
3. 先生(せんせい)は雷(かみなり)で驚(おどろ)かされました。
   老師因為打雷而被嚇到了。

翻譯練習

1. 私(わたし)は遅刻(ちこく)で怒(おこ)られました。
2. 今日(きょう)はいい天気(てんき)だから、出(で)かけます。

新手最愛秒懂 漫畫圖解

【25K+MP3】

▶ 即學即用 09

著者 福田真理子

發行人 林德勝

出版發行 山田社文化事業有限公司
臺北市大安區安和路一段112巷17號7樓
電話 02-2755-7622
傳真 02-2700-1887

郵政劃撥 19867160號 大原文化事業有限公司

總經銷 聯合發行股份有限公司
新北市新店區寶橋路235巷6弄6號2樓
電話 02-2917-8022
傳真 02-2915-6275

印刷 上鎰數位科技印刷有限公司

法律顧問 林長振法律事務所 林長振律師

書+MP3 定價 新台幣 299 元

初版 2020 年 3 月

© ISBN : 978-986-246-572-1

STS
山田社

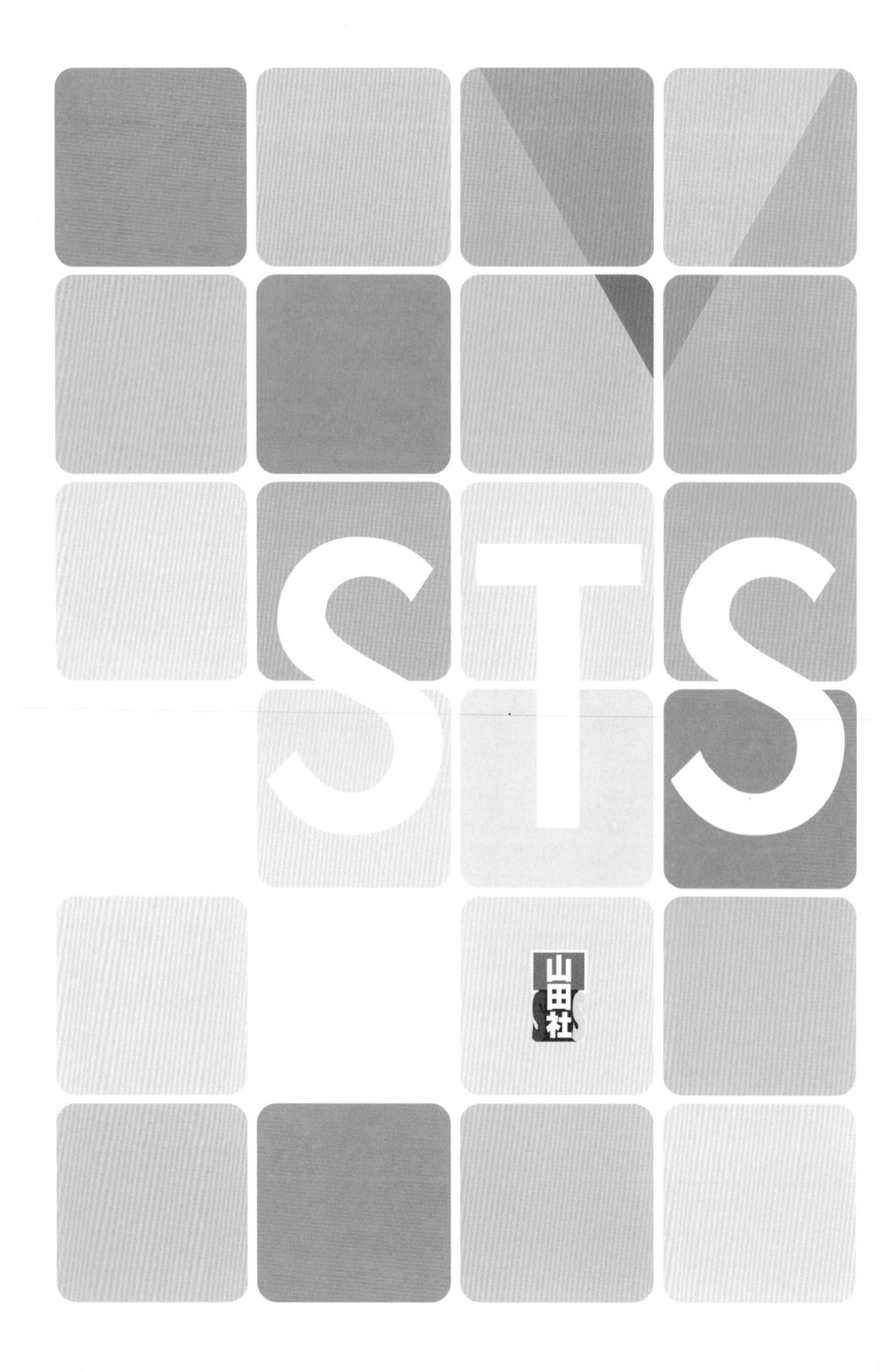
STS
山田社